FVA

Ulla Lenze

Der kleine Rest des Todes

Roman

FRANKFURTER VERLAGSANSTALT

1

Wie uns die Nachmittagssonne im Nacken saß, als wir durch die Häuserschlucht gingen, unseren wegspringenden Schatten hinterher. Leander legte seine Hand in meinen Rücken, ich suchte den Schlüssel. Mein Vater kam am Flugplatz an, ging zur Luftaufsicht im Tower. Dann zum Hangar, umrundete die kleine Maschine einmal zur Kontrolle und stieg ein. Leander setzte sich nicht, stand herum, ließ sich küssen.

Davon könnte ich Beatrice erzählen.

An diesem kalten Frühlingstag, fünf Tage später.

Aber wir schweigen und husten. Wir husten einander zu wie bellende Hunde nachts über die Dörfer hinweg. Das ist, ein brachliegendes Feld lang, unsere ganze Unterhaltung. In den Pfützen steht der Himmel. Wenn ich den Blick hebe, sehe ich meinen Vater. Er hat das Gehöft schon erreicht. Er hinkt ein bisschen, das war eine Angewohnheit nur, eine Respektbezeigung dem Altsein gegenüber. *War.* Ich bin diese neue Grammatik noch nicht gewohnt. Mein Handy gluckert mir eine Nachricht in die Jackentasche.

Alles so weit in Ordnung?, fragt Arndt. Nein, schreibe ich zurück. Dann noch eine Nachricht: Nie. Dann eine dritte: Nie wieder. Er antwortet auf jede. Ich überfliege das nur. Denke, wenn nur eine von Leander wäre. Schrieb ihm doch: Mein Vater ist tot. Schrieb ihm vor drei Tagen eine Mail, und jetzt versuche ich mich zu erinnern, sagte er Kairo oder Paris, die Konferenz. Er wollte, wenn er zurück ist, sich melden. Das war neu.

Ockerfarbener Hund. Er bellt, läuft auf uns zu, und eine Kette reißt ihn hoch.

»Unsere Wachhunde waren immer ohne Kette«, sagt Beatrice. Ein Silberring an ihrer Oberlippe hüpft auf ihren Worten. Früher waren wir gleich groß. Ein Turm aus verfilzten Zöpfen schummelt sie in die Höhe. Ich müsste etwas erwidern, aber mir fallen nur die Namen der Hofhunde damals ein: Asta, Anna, Adele. Alle mit A. Wie mein Name.

Beatrice dreht sich eine Zigarette, wird langsamer, ich hänge sie ab. Aber ihr Geruch kommt mit: nach Dieselmotor und etwas Gärendem, wie Müll, stehen gelassen. Der alte Postbus, in dem sie lebt, wohl ein Geruchsfänger, ein Stau aus Leben.

Ich erreiche die Rückfront des Hofes. Der Wind fährt in die Kastanien, und ich kann hören, dass die Blätter nass sind. Mein Vater geht wieder vor mir her. Wie viele Bilder habe ich von ihm gut? Das hier bereits ein kleiner Film. Ein Film wie dieser verwackelte Handyclip in den Nachrichten, der für alle, die vor dem Fernseher saßen, seine letzten Sekunden festhielt. Die haben sie mir voraus. Auch Beatrice. Es sei laut gewesen. Ein schreckliches Motorendröhnen. Inzwischen auf YouTube, das weiß ich von Arndt.

Eine Hand fasst nach meiner Schulter.

»Umgeknickt?«, spricht Beatrice mir in den Nacken.

Ich bleibe stehen.

»Du humpelst«, erklärt sie.

Ich schaue sie stumm an. Ein Netz aus Regentröpfchen glitzert auf ihren Dreads und auf ihrer Wolljacke, und nun spüre ich den Regen auch in meinem Gesicht.

»Wir werden nass«, sage ich.
»Man müsste woanders hin«, sagt sie und zieht mich an der Hand den kleinen Hang abwärts zur Mauer.
Ich weiß, was sie vorhat. Sie will in den Garten. Über das Wasserrohr sind wir damals hoch und dann an einer Leiter hinab in den ummauerten Holundergarten zwischen Kuhstall und Scheune. Holunder, nichts als Holunder, bis wir ihn eines Tages ausgruben, um einen Ziergarten anzulegen, für den es zu dunkel war.
Beatrice ist bereits oben. Die Leiter sei weg. »Spring!«, rufe ich zurück, und sie springt tatsächlich. Und mein Körper schmiegt sich in die Erinnerung hinein, meine Hände, Knie und Füße wissen, wie man da hochkommt, leichter ist es jetzt, weil wir größer sind, und die Erinnerung drückt sich mit dem rauen Stein in die Finger. Ich könnte weinen, als ich oben bin, weinen, und denke, nicht jetzt. Jemand geht und ein anderer kommt und das ist die Kindheit. Der Holunder ist zurück. Papierene, borstige Stämme, zipfelige Blätter.
Beatrice kämpft sich durch den Holunder zum Mauertor vor, drückt mit den Händen ein Vierteljahrhundert beiseite; wie viel von uns ist noch hier, in dieser regenwurmschweren Erde, eine schwarze Erde mit Fettglanz, eine Erde, in die wir unsere Blicke versenkt haben und uns selbst, auf komplizierte, zähe Wurzelnetze starrend, Wurzelsysteme aushebelnd mit dem Spaten, das leichte Knacken, wenn die Fasern brachen, wenn wir stärker waren schließlich, der Sieg über etwas, das uns sowieso nichts anhaben konnte.
Ich springe ihr nach, ich lande zwischen zwei hohen Sträuchern. Sie nicken mir mit ihren tausend Blättern

zu. Ich lasse mich auf die schwarze Erde nieder. Ich brauche Zeit. Beatrice höre ich nicht mehr, ich kann mich wegschleichen von allem.
Doch dann ihr Husten gleich neben mir. Sie sagt etwas, und sie sagt es noch einmal: »Das Tor ist verriegelt. Wir kommen nicht in die Scheune. Und ohne Leiter kommen wir hier auch nicht so leicht raus.«
Sie geht in die Hocke. Sie will noch mehr sagen. Meine Mutter, als ich am dritten Tag nach seinem Tod noch immer im selben Hemd vor ihr stehe, weil ich kein anderes habe: *Ariane, du riechst ein bisschen.* Aber ich habe nichts mitgenommen, mir war nicht klar, dass ich so lange bleiben würde.
»Wisst ihr eigentlich, wie es passiert ist?«
»Nein.«
Ein Nein, das plötzlich ihr gilt, nicht die Antwort ist, auch wenn wir tatsächlich nichts wissen, immer noch nicht, und vielleicht nie.
»Wieso wisst ihr nichts?«
»Das weiß ich nicht.«
Ich sehe meine Schwester vor mir, mit einer Miene wie meine nun, am Bahnsteig vor fünf Tagen, streng und unwillig, ein Gefühl zu zeigen. Und das mit meinem Vater wurde zu etwas, über das man in der Zeitung lesen kann. Ein Fall unter anderen tragischen Fällen. Und er selbst würde sich die Augen reiben, verlegen den Kopf schütteln, verdattert, so stelle ich mir jetzt vor, was sich nicht vorstellen lässt, weil es das nicht gibt, ein für immer Abwesender mit Selbstkommentaren. Halte das mal aus, denke ich, vielleicht macht meine Schwester es sogar richtig, wenn sie stattdessen schweigt oder

Witze macht und ihre Gespräche mit Polizei, Gerichtsmedizin und Bestattungsunternehmer wie eine Geschäftsfrau absolviert, so schwungvoll, dass nichts an ihrer Stimme erkennen lässt, um was es hier tatsächlich geht.

Beatrice streicht mit der Hand meinen Arm entlang, schiebt mir ein Frösteln in den Körper. »In Ordnung«, sagt sie, geht ein paar Schritte in den Holunder und dreht sich eine Zigarette.

»Gib mir auch eine!«, rufe ich und mache mir Angst mit diesem psychopathischen Quietschen in der Stimme. Sie reicht mir ihre. Rauchend stehen wir im Regen. In einer Vergangenheit, die nur wir zwei haben. Das nehm ich ihr übel. Sie kennt mich gar nicht. Wir haben uns seit dem Abitur nicht mehr gesehen.

»Wenn du nicht reden willst, okay. Hey.« Ihre Hand rüttelt an mir, fast unsanft.

»Hey, Mensch hey Beatrice, ja, hey.« Es rutscht mir so raus.

»Ari, gib mir eine Chance.«

»Wie bitte?«, frage ich.

»Wie bitte?«, äfft sie nun mich nach und schweigt erschrocken. Erde, Landluft, Regen. Ich zähle auf, was ich weiß über die Welt in diesem Moment. Die Erde steigt zu mir hoch in pilzig-torfigem Geruch. Bei jedem Zigarettenzug fallen Beatrices Wangen ein, das Gesicht wird schmal, der Mund spitz. Gleich hinter dem Schultor die Raucher, sie und die Clique, zu der ich nie gehörte. Da war es längst vorbei mit uns, als sie das Rauchen und Knutschen begann.

»Wenn du mir vielleicht Räuberleiter machst? Dann

komme ich durch den Innenhof zurück und befreie dich!«
Sie zeigt zur Mauer. Ich spüre ihre kalten Schuhsohlen in meinen Händen, während der Regen mir in den Kragen läuft, und dann, wie Beatrice die Kante erwischt, sich hochzieht, ihr Gewicht endlich aus mir flieht. Sie streckt mir ihre Hände entgegen. Ich greife danach. Sie ist zu leicht. Ich könnte sie von der Mauer reißen, würde ich ihr mein Gewicht anvertrauen.

2

Zuletzt, wenn wir uns auf dem Bahnsteig des alten, in Brombeerhecken ertrinkenden Bahnhofs umarmten, wenn mit schrillem Bremsgeräusch die Regionalbahn einfuhr, habe ich mir meinen Vater dabei einzuprägen versucht, habe mit einer mich selbst beschämenden Wachheit seinen Körper gefühlt, in sein Lächeln gesehen, während wir sagten: »Mach's gut, komm gut nach Hause, grüß deine Katze«, »Grüß Mama noch mal von mir«, »Jetzt musst du dich aber beeilen, hast du schon die Fahrkarte entwertet?«, »Muss ich doch nicht, Papa, der Automat macht das automatisch«; und wie ich dann die hohe Stufe nehme in den Zug hinein, noch einmal winke bei geöffneter Tür, dann bei geschlossener Tür, dann noch einmal durchs Fenster, so dass er sieht, ich habe einen Sitzplatz gefunden. Winken, bis der Zug anfährt und mein Vater weggezogen wird aus dem Bild. Es schien längst kein Bahnsteig mehr, sondern ein Ort für Abschied, den letzten.
Er wusste nichts von meinen Gedanken. Aber die Vision stimmte. Hier haben wir uns zum letzten Mal gesehen.

Beatrice ist schon zu lange weg. Es ist doch nur der Weg um das Gehöft herum zurück zur Einfahrt und dann über den Innenhof zum Mauertor. Ihre Mutter wollte nie eine Bäuerin sein. Sie kleidete Beatrice in schöne, teure Sachen, schöner als meine, und ließ sie von Modelagenturen buchen, über Laufstege hüpfen, fröhlich hüpfen mussten die Kinder. Und jetzt ist sie ein weißer Engel. Eine jener lebenden Statuen, an denen ich immer vorbeilaufe, die in ihrer provozierenden Reglosigkeit und ihren übertriebenen Gesichtsausdrücken dieses schleimige Spiel entfalten, das noch zehn Schaufenster später an einem klebt.

Ich lehne mich an das Tor mit dem abblätternden grünen Lack, und dann erschrecke ich. Den kalten Regen wie komische Kinderstrafen über mich ergehen lassend, spüre ich plötzlich: Sie suchen nicht mehr nach mir. Die Claudias, Tanjas und Silkes. Die lassen mich glauben, sie suchten, aber sitzen bei Beatrice auf dem Lammfellteppich, zwischen alten bauernbemalten Holzmöbeln, trinken schwarzen Tee mit Erdbeeraroma, und ich hocke noch immer hinter dem Futtertrog im Kuhstall, halte den Atem an bei jedem Klappern, bin stolz auf mein ausgeklügeltes Versteck, starre auf die Wände mit den alten Spinnweben, die in staubpanierten schwarzen Bögen herabhängen, warte, dass die Mädchen in die Nähe des Stalls kommen, so dass in einem günstigen Moment ich an ihnen vorbeisausen und mich zum Frei retten kann, aber sie suchen ja gar nicht mehr.

Ich gehe zur Mauer, strecke die Hand aus, erreiche nicht einmal die Mauerkante. Ich lege meine Wange an den rauen Stein, und dann höre ich etwas, das ich nicht hören will; das Rauschen des Windes am Gehäuse des Fliegers. Ein Schleifen, fein, sauber, wir strömen. Mein Vater hat den Motor abgestellt. Glas und blaues Licht um uns herum. Du hast keine Angst, oder?, schreit er, obwohl wir Kopfhörer tragen, die uns unsere Stimmen

direkt ins Ohr leiten. Warum schreit er so, denke ich, hör doch auf zu schreien. Nein, Papa, sage ich ein wenig genervt, und er lacht. Du bist hier so sicher wie in Abrahams Schoß!
Wie ich nach unten blickte auf den Flugplatz und mich dorthin zurückwünschte statt in Abrahams Schoß, und wie ich mich ärgerte, dass, weil seine Begeisterung so groß war, kein Platz blieb für meine.
Es ist ja nur eine Nachricht, eine Aufforderung zum Glauben. Ich habe nichts gesehen, nichts berühren können. Sah nur einen Sarg und die Hände unserer Mutter, die suchend über das Holz strichen. In diesem Holzsarg steckte ein Zinksarg. Als der Beerdigungsunternehmer vom Zinksarg zu reden anfing, den sie in den Holzsarg legen müssten, wegen des Kerosingeruchs, von der Notwendigkeit in diesem Fall, fiel meine Schwester ihm ins Wort: »Das müssen wir jetzt nicht vertiefen«, vielleicht, weil sie ahnte, was er nun sagen wollte, schließlich telefoniert sie täglich mit der Polizei und mit der Gerichtsmedizin. *Zinksarg, Kerosin*, was bedeutet das, dachte ich und verlor die Frage an die Angst.
Meine Haare sind nass, die Finger taub. Ich stehe erneut hinter dem Tor, räuspere mich und rufe »Hallo«. Ich rufe lauter, und dann weiß ich, weil auch der Hund nicht anschlägt, dass niemand mich hört. Ich taste in der Jackentasche durch Haarbänder und Kaugummipapiermüll, bis ich das Handy finde. Ich rufe Arndt an, auch wenn, was ich in den letzten Tagen manchmal vergesse, wir seit einem halben Jahr kein Paar mehr sind. Aber jetzt bin ich ganz für dich da, sagte er. Er meldet

sich auch sofort. Aber ich kann nicht sagen, was ich sagen müsste. Etwas reißt an mir, ich sage Dinge, die viel richtiger sind, wahrer, in mir einen unbezweifelbaren Sinn ergeben, die das Eigentliche sagen, alles mitteilen, alles: »Der Geist, der in meinem Zimmer hockt am Fußende des Bettes, ist weiß und eine Frau und in ihrem Blick Kälte und Verdruss. Sie kam gestern, gestern Nacht, das stimmt. Das habe ich nicht erfunden.«

Keine Ahnung, warum ich das sage. Muss aber weitermachen, das ist das, was Arndt als nun bester Freund auszuhalten hat.

»Schön. Und sonst so?«, fragt er, als erzählte ich ihm tatsächlich etwas mit Hand und Fuß.

»Ja, wenn alles sich umstülpt im Leben, und ich finde, der Tod tut das, nur dass man ihn einfügt ins Leben wie einen Satzteil, als gehörte er zur ganzen Geschichte, aber das tut er nicht. Ich kann sagen, in so kurzer Zeit bereits genau das begriffen zu haben.«

»Ariane, wo bist du?«

»Ich bin hier.«

»Wo ist das? Zu Hause?«

»Ja«, lüge ich und denke weiter die Worte: Weißer Geist, Dame Blanche, eine zweite Zunge im Mund, ein Finger im Arsch. Aber von Leander kann ich Arndt nichts sagen, und dass er sich noch immer nicht gemeldet hat. Wer bitte ist Leander?, würde er fragen. Ach so, der Schnösel vom letzten Sommersemester, der da vorgesungen hat für die Professur, der mit den Schlangenlederschuhen, der beim Umtrunk im Dozentencafé beim Reden viel zu nah an dich heranrückte und immer wie-

der die Hand auf deinen Arm legte, und du fandest das toll, so primitiv bist du ja mitunter, aber hat der nicht eine Freundin?
Das zu sagen, die Gelegenheit gebe ich ihm nicht, und in Wahrheit wäre er hinter der Flapsigkeit verletzt. Ich kann noch immer klar denken, sogar diplomatisch, trotz dieser komischen Dinge, die in mir ablaufen.
»Was hat die weiße Dame denn gesagt?«
Plötzlich ein anderer Ton. Vorsichtig, behutsam, vielleicht denkt er, ich will ihm etwas über meinen Vater mitteilen. Er hilft ja mit, die wenigen mir bekannten Fragmente zusammenzusetzen, die letzte Episode meines Vaters dort am Himmel ein zerfetztes, löchriges Etwas, das ich seit Tagen zu flicken versuche.
»Nichts. Sie hat nichts gesagt, aber ich glaube, sie kommt wieder.«
»Dann ist ja gut.«
Stille.
»Ich lege jetzt auf«, sage ich, »aber wenn ich dich in einer Stunde nicht wieder anrufe.«
Ich spreche nicht weiter.
»Was dann?«, fragt er beunruhigt.
»Ich bin gar nicht zu Hause. Ich bin draußen, habe mich verirrt, aber ich finde heim. Gut, dass das Handy hier funktioniert!«
»Ariane!«, ruft er, aber ich lege schnell auf, ich will ihm vom Garten nichts sagen, der gehört nur Beatrice und mir.
Jetzt muss ich wohl meine Mutter anrufen, aber ich weiß nicht, welchen Ton anschlagen. Immer suche ich ihr Gesicht ab, hefte meine Stimme, meine Worte an

den Schmerz darin, vorsichtig und schuldbewusst, als sei in dieser Lücke alles, was nicht mein Vater ist, zu viel. Einmal, mittendrin, als alles um sie herumsteht, Papierkram, Trauerkartenmuster, Trauerspruchvorschläge, ein Telefon, das regelmäßig klingelt und gehorsam abgenommen wird, bemerke ich einen Blick an ihr, der sich durch sie hindurchschlägt und dabei eher das Ende aller Kraftanstrengung ist. Ein Blick, als wäre sie allein und unbeobachtet auch von sich selbst, ein Blick, der so sehr über sie hinausgeht und was sie von sich zu zeigen gewohnt ist, dass ich glaube, sie bemerkt ihn selbst nicht und wird sich nie erinnern. In diesem Blick sehe ich sie zum ersten Mal, näher bin ich ihr nie gewesen.

Du weißt ja, ruf jederzeit an, da freu ich mich. Zweimal in der Woche rief ich zu Hause an, manchmal zwei Wochen auch gar nicht. Und dann vielleicht am Morgen und am Abend auch noch einmal. Und ich erzähle ihm. Was immer mir so einfällt. Meine Mutter gibt den Hörer weiter nach nur wenigen Sätzen. Du willst sicher den Papa sprechen. Tatsächlich ist das fast immer so. Sie klingt nie verletzt, eher zustimmend. Er selbst ruft nur an, wenn etwas zur Steuererklärung oder Krankenkasse vorliegt. Er räuspert sich unbehaglich, mag keine Anrufbeantworter, bittet um Rückruf mit einer Stimme, als lauschten ihm hundert Zuhörer und bis in alle Ewigkeit.

Vom Mauertor dringt plötzlich ein Quietschen, ein vertrauter Klang, der Eisenriegel wird aufgeschoben. Beatrice wird eine gute Erklärung haben, warum sie mich so lange hier warten ließ. Sie wird sich entschuldigen, und dann können wir nach Hause. Nur ein Streich, haha. Ich arbeite mich durch den wegflitschenden Holunder zurück zum Tor, und auf halbem Weg, mit dem Regenschirm kämpfend, erkenne ich meine Schwester.

»Seid ihr nicht zu alt für so was?«

Ich drücke den Schirm, den sie über mich halten will, beiseite. »Ich bin doch schon nass.« Und als wir in dem Hof stehen, alles sich aufbaut um uns herum, die Scheune, die Schuppen, frage ich vorsichtig: »Was hat Beatrice denn gesagt?«

»Sie wird sich bei dir melden.«

»Mehr nicht?«

»Klär das mit ihr.«

Wir gehen über den Hof, der längst einem anderen Bauern gehört, und meine Schwester schaut nirgends hin. Und ich blicke umso interessierter die Backsteinmauern der Scheune und der Ställe entlang, begutachte mit komischer Expertenmiene den Schuppen, den Kuhstall, die große überdachte Halle, die Traktoren, Mähmaschinen, Anhänger, einst die besten Verstecke. Und ich kann das alles nicht sehen ohne das Gefühl verstaubter Spinnweben an den Fingern, nicht über den knirschenden Kies gehen ohne das Gefühl einer löchrigen, dreckstarren Jeans, gequetschter Füße in zu engen Gummistiefeln, ohne den Hunger im Bauch, der Kinder so plötzlich überfällt wie das Wetter, ständig waren wir verschluckt von diesem Hof, tief in seinen Möglichkeiten. Jetzt steht alles starr und kalt um mich herum, die Gemäuer, die Festigkeit des Steins, der heute keiner

Phantasie mehr nachgibt, keinem Gedanken an Geister, Geheimkammern, Geheimgänge, nach denen wir mehrere Winter und Sommer lang suchten.
Im Wohngebäude brennt Licht. Beatrice könnte dort hocken auf der langen Anrichte unter dem Küchenfenster, ein kleines Mädchen, so sehe ich sie zum ersten Mal, sechs Jahre alt, große blaue Augen, eng an den Kopf geflochtene Zöpfe; über einen Schemel ist sie dort hochgeklettert und blickt durchs Fenster zu mir.
Als ich in Svenjas Auto steige, schaue ich mich noch einmal um, zum ockerfarbenen Hund. Aber ich sehe ihn nirgends.

3

Meine Schwester hält mich für nicht stabil, und ihr war von Anfang an klar, dass ich auch jetzt nicht stabil sein würde, denn sie rief zuerst Arndt an, bevor sie mich anrief. Dass er unten auf der Straße warte. Dass sie ihm Bescheid geben würde, dann käme er sofort hoch.
»Das kann ich selbst.«
»Dann mach das. Sitzt du oder stehst du?«
»Warum?«
»Ich muss dir noch sagen, wie es passiert ist.«
Ich setzte mich auf den Boden. Im Zen-Kloster sitzt man viel auf dem Boden. Ich hatte dort gelernt, meine Gedanken zu betrachten wie Wolken am Himmel. Auch der Tod des Vaters ist ja vielleicht nur ein Gedanke, den man betrachten und vorüberziehen lassen kann wie eine Wolke.
Und dann sagte sie das, was doch stets als ausgeschlossen galt, denn bei ihm war man ja so sicher wie in Abrahams Schoß. Und ich hatte doch ganz klar das Bild vor Augen, wie er, die Hände gefaltet, in seinem Bett liegt, und ich würde nun zu ihm fahren und meine Hände auf seine legen, und wir hätten Zeit.
»Ich glaube das nicht.« Und Svenja, sanft, aber doch gehetzt, weil jetzt so viel zu organisieren war: »Also, wann kannst du bei uns sein?«
Langsam verstand ich. Sie war längst dort.
Meine Mutter hatte am Abend, als mein Vater nicht nach Hause kam, ihre älteste Tochter zu sich gerufen, sie war also die ganze Zeit schon dort. Sie hatten die

Nacht miteinander gewartet und waren nicht auf die Idee gekommen, dass ich vielleicht dabei sein müsste. »Wir dachten, du erfährst es noch früh genug.« Ich schwieg. Wollte keinen Streit anzetteln. Aber vielleicht hätte ich sofort in diesem Augenblick brüllen müssen: Es gab nur einen richtigen Zeitpunkt, davon zu erfahren, und das war der mit euch!

»Also, wann kannst du kommen?«, wiederholte sie.

»Ich nehme den Zug in einer Stunde«, sagte ich lahm und wusste eigentlich nicht, warum ich das überhaupt tun sollte. Zu Hause war er doch nicht mehr.

Kurz darauf trat Arndt ins Zimmer. Auch nach der Trennung haben wir noch unsere Schlüssel. Er sagte nichts, vielleicht war das feige, vielleicht auch klug, und er setzte sich neben mich. Irgendwann strich er über meine Wange: »Wir müssen jetzt los.«

Das sehe ich jedes Mal, wenn ich mich erinnere: Wie das Licht schimmernd herumlag auf den Autohauben und Pflanzenkübeln und Mülltonnen und nichts wusste. Auf der Zugfahrt nistete es in den Staubschlieren der Fenster, ein heller brauner Schleier zog beständig über die Äcker und Wälder und dann über die Brombeerhecken am Bahnhof. Über meine Mutter und meine Schwester und über die Stelle, die leer blieb, wo mein Vater hätte stehen müssen, die Hände in den Hosentaschen, abwechselnd zum Boden schauend und zu mir, mit diesem Lächeln, das immer ein bisschen überrascht wirkte. Als ich aus dem Zug stieg, spürte ich Arndts Hand unter der Schulter. Ich hätte geschwankt, sagte er später, und meine Schwester sagte, ich hätte geheult. Doch nur an das Licht erinnere ich mich, das

nicht zu leuchten aufhören wollte. Später, im Haus, schloss ich die Tür zum Zimmer meines Vaters leise. Ich hatte ihn am Schreibtisch sitzen sehen. Ich hörte Svenjas Stimme hinter mir: »Bitte nimm jetzt Rücksicht. Wir kehren in unsere Leben zurück, wenn das hier vorbei ist, Mama nicht.«
Wenn das Telefon geht, spitze ich die Ohren. Aber es ist immer das Gleiche, was ich höre. Der Tag, an dem ihr Mann nicht mehr zurückkam, erzählt sich bereits jetzt immer gleich. Die zögernden Auskünfte des Flugplatzes. Das Warten. Die Stunden, in denen noch nichts entschieden war und man die Überzeugung in sich aufspüren musste, es wird gut ausgehen. Es wird schon nichts passiert sein. Dieses gemeinsame Warten haben sie mir voraus.

Die Strecke über die Landstraße ist kurz, nur wenige Minuten später halten wir vor unserem Haus. Es ist das letzte in einer Reihe identischer Bungalows, die in den Siebzigern fast gleichzeitig bezogen wurden und im Laufe der Zeit sich vorsichtig individualisiert haben: Granitplatten- oder Kieswege, Edelstahl-Außenleuchten mit Bewegungsmeldern oder noch die ursprünglichen alten Lampen, Jägerzäune oder, wie bei uns, zum Bürgersteig hin sanft ausfließender Rasen; Vorgärten, durch die schmale Blumenbeete schneiden oder, wie bei uns, mit Bögen und Buchten aus Rhododendren und Kiefern, vom Landschaftsarchitekten geregelt.
Svenja parkt in der Lücke, in der vorhin das Auto unserer Mutter stand.
»Wo ist sie?«

»Einkaufen.«
»Allein?«
»Ja.«
Ich sehe meine Mutter vor mir, wie sie den Einkaufswagen durch die Regalreihen schiebt und zum ersten Mal in ihrem Leben nach Dingen greift, die jetzt nur noch sie allein mögen muss.
»Ich hätte sie nicht alleine losziehen lassen«, sage ich, aber Svenja reagiert nicht, streift die braune Lederjacke über den Bügel, steigt aus den hohen Stiefeln. Vor dem Garderobenspiegel schüttelt sie ihr schulterlanges Haar mit den eingefärbten blonden und rötlichen Strähnen. Plötzlich hält sie den Kopf still. Was sieht sie, wenn sie sich selbst sieht, warum hält sie auf eine ganz bestimmte Weise den Kopf, so leicht zur Seite, nicht frontal, auch jetzt wieder, und sagt: »Besser, du duschst heiß und ziehst dir was Warmes an. Werd jetzt nicht krank.« Und da merke ich, dass sie mich im Spiegel beobachtet und dass ich friere, höllisch friere, dass meine Hände zittern und auch meine Beine.
Ich tue, was sie sagt, ich dusche heiß, ich dusche sehr lange, und als ich zurückkomme in den Flur, telefoniert sie, nicht mit der Polizei, denn dafür zieht sie sich stets ins Zimmer unseres Vaters zurück, und außerdem geht es um Bruchrechnung, also spricht sie mit Laura.
Ich gehe ins Wohnzimmer, bleibe in der Mitte des Raums stehen und weiß nicht weiter. Ich stehe da, und wo immer ich hinsehe, brechen die stillen Oberflächen auf; die Wände, die Möbel schwanken und kippen, spüren genau, dass etwas nicht stimmt. Es sind Gegenstände, die er mit ausgesucht und berührt hat. Herum-

gerückt und austariert. In der schlanken Glasvitrine am Fenster ein paar Antiquitäten und Andenken: eine römische Öllampe, eine rote Glasvase aus Jerusalem, ein Krümel Berliner Mauer. Die Vitrine ist ein gestalterischer Höhepunkt zwischen cremeweißen Möbeln und großräumig hellen Weiten. Ein Aquarell oder eine blasse Radierung hier und da, die das weiche Licht im Raum eher befestigen als aufbrechen. Vielleicht ist es die Sorge vor hinterrücks sich einschleichender Überfrachtung, die nur Fremden aufgefallen wäre; man selbst, durch die Gewöhnung, sieht es nicht. Vielleicht die Angst, nicht sehen zu können, was andere sehen können. Stets langes Erwägen, wenn etwas Neues schließlich hinzukam, ein Bild, ein Regal, ausführliches Beraten zwischen ihm und meiner Mutter, dann Wasserwaage, Bohrmaschine, Blicke, Befunde, Zweifel, Verwerfungen, Glückwünsche, und wir, meine Schwester und ich, ahmten im Hintergrund grinsend seine umständlichen Bewegungen nach, wenn er nicht hinsah. Er war kein Handwerker, aber im Keller besaß er eine ziemlich eindrucksvolle Werkstatt mit Schraubstock, in den wir manchmal unsere Hände klemmten, die Kurbel drehten, bis es wehtat, um dann das rot-weiße Gittermuster auf der Haut ausgiebig zu betrachten.
Direkt hinter den tiefen Fenstern beginnt der Garten. So nah, als stünden die Bäume und Büsche schon hier drin. In sanften Schwüngen, wie eine Geschenkschleife, verläuft die Gardine am Fensterrahmen zwischen einem Innen und einem Außen, und das Wohnzimmer zeigt den Garten und nicht sich selbst.
In der hinteren Ecke der Ledersessel, in den sich seit

fünf Tagen niemand mehr gesetzt hat. Auf dem Beistelltischchen die Tageszeitungen, zuoberst noch immer die Ausgabe, die er zuletzt gelesen hat. In der übernächsten er selbst.

»Möchtest du einen Tee?«

»Ja«, rufe ich zurück und gehe zu Svenja in die Küche. Sie steht vor dem Kühlschrank, holt eine halbvolle Flasche fettreduzierte Milch heraus, die ist noch von ihm. Und sie sagt:

»Als du damit angefangen hast vor ein paar Jahren, mit dem Meditieren, fand ich das ja zugegeben ziemlich peinlich. Aber inzwischen interessiert es mich. Es ist ja wissenschaftlich erwiesen, dass es hilft. Außerdem, die buddhistische Grundannahme, dass es kein Ich gibt, also, dass das Ich nur ein Konstrukt ist, das uns im Alltag hilft, deckt sich mit den Ergebnissen der Hirnforschung.«

Ich nehme zwei Tassen aus dem Schrank und denke an den blöden Spruch, nicht mehr alle Tassen im Schrank haben.

»Du hast noch gar nicht über deine Zeit im Kloster erzählt«, fährt sie fort.

»Es gab wenig Gelegenheit. Ich bin gerade erst zurück.«

»Du hast sicher viel erlebt. Das mit dem indischen Jesuitenpater klingt spannend. Darf der das einfach so, Zen in einer christlichen Institution lehren?«

»Vielleicht schreib ich mal was drüber.«

Sie blickt aus dem Fenster. Vor einem halben Jahr noch wäre das anders gewesen; ich hätte ihr erzählt. Vor einem halben Jahr hätte sie auch nicht gefragt. Vielleicht will sie mir das Gefühl vermitteln, wir redeten miteinander.

Draußen im Vorgarten verlaufen die Farben, das Grün da schmerzt, denke ich und kann so etwas nicht zu ihr sagen, niemals. Der Regen hat aufgehört. Steht Beatrice jetzt in der Fußgängerzone und spielt einen Engel? Ist sie krank, verrückt, plötzlich mit mir überfordert gewesen? Oder wollte sie mich entdecken lassen, wie viel sie mir bedeutet? Ich habe jahrelang nicht an sie gedacht. Einige Nächte damals mit zwölf wohl durchgeheult wegen ihr, weil ich verlassen worden war. Zum ersten Mal.
Svenja schüttet das kochende Wasser in die Kanne. Dass sie mit mir lieber über Buddhismus reden will als darüber, was sie über den Unfall in Erfahrung gebracht hat. Sie telefoniert jeden Tag. Nach jedem dieser Gespräche mit der Polizei, mit der Gerichtsmedizin, mit dem Beerdigungsunternehmer warte ich darauf, dass sie uns eröffnen wird: Sie wissen jetzt, er war sofort tot.
Sie hustet und schüttelt mich aus meinen Gedanken, ich spüre ihr Husten im Körper, zu klein die Küche, wir zu dicht beieinander, ihre Jeans ist sehr schön und war sicher sehr teuer, ich könnte fünf von dem Geld kaufen, und ihr Ehering klackert gegen die Milchflasche. Sogar ihre Figur sieht teuer aus, der leichte Hüftspeck, als müsste das so sein. Erwachsen. Der leichte Doppelkinnansatz scharf geschnitten wie von einem Skalpell aus Licht und Schatten.
»Warum räusperst du dich eigentlich andauernd«, fragt sie, »ist das irgendwie ein Tick?«, und mir ist es nicht aufgefallen, nicht gemerkt, gar nicht, und ich bin erst sprachlos, dass sie meine Gedanken nicht hört, nur

mein Räuspern, weil es sie höllisch nervt, und dann schreie ich: »Gibt es etwas, das du uns nicht sagst?«
Da ist etwas an der Art, wie ihr Körper sich aufspannt in einer vornehmen Selbstzufriedenheit. Aha, Ari hat sich nicht unter Kontrolle. Ari kriegt ihre Belange nur mit Wut raus, als hätten sie sonst keine Berechtigung. Genau so ist es.
»Ich habe euch alles mitgeteilt«, sagt sie verwundert, »aber was ist los mit dir? Warum schreist du mich an?«
Wie er gestorben ist. Aber das Wort gestorben schafft es nicht in einen Satz zusammen mit ihm. Ich schreie nicht mehr. Ich beginne leise meinen Satz und höre mittendrin auf.
Die Teeblätter wachsen im Wasser. Dass sie Angst um mich habe, höre ich Svenja sagen. Dass sie mich kenne, dass, und sie gießt den Tee in zwei hohe Tassen, dass ich achtgeben müsse nun, tot sei tot, mehr müssten wir nicht wissen. Und warum ändert sich das nie, denke ich. Sie meint, sie kenne mich besser als alle anderen, kennt mich ja seit meiner Geburt, sie drückte mir ihren Daumen in den Mund und suchte meine Zähne ab, sie lutschte an meinen Fingern, sie ließ mich ihren Speichel schmecken. Sie liest meine Muskeln, meine Haut, mein Fleisch, sie hört über das, was ich je sagen könnte zu ihr, hinweg und hört stets die Angst mit, die sie selber in mir erzeugt. Ein Kreislauf. Aber ich will meinen Vater an so etwas nicht verlieren.
»Erzählst du uns nichts, weil du tatsächlich nichts weißt oder *weil* du weißt?«
Sie seufzt, und allein dafür möchte ich ihr eine knallen.

»Mach dir eins klar, Ari. Es kann nicht schlimmer gewesen sein als das, was jeder erlebt, der in einen Unfall gerät und denkt, jetzt ist es aus. Der Unterschied ist bloß, dass wir es überlebt haben und er nicht.«
Den letzten Satz nimmt sie bereits mit zur Haustür. Unsere Mutter ist zurück. »Das ist keine Antwort«, rufe ich noch ehrgeizig. Vielleicht hört sie es, während sie durch den Vorgarten eilig unserer Mutter entgegen läuft, denn als sie ihr die Getränkekiste abnimmt, sehe ich plötzlich die Angst, die ihr die Schritte vorgibt.

4

Am Abend fährt meine Schwester zurück zu ihrer Familie. Bis zur Beerdigung, vielleicht sogar noch länger, soll ich bei unserer Mutter bleiben. Auf mich wartet nichts. Das scheint auch ihr klar. Niemand wird sich beschweren oder mir kündigen, wenn ich meine Doktorarbeit über Negation bei Hegel, Adorno und im Zen-Buddhismus nicht voranbringe. Meine Katze ist bei Arndt.
Das Zimmer, in dem ich schlafe, ist früher einmal meins gewesen, inzwischen erinnert nichts mehr daran, ein schlichtes raufasertapeziertes Gästezimmer mit Schlafcouch, Schrank und Fernseher. Der Wind trägt den Regen in Wellen heran, er scheint ihm nachzulaufen, ihn einzufangen und dann damit auf mich zuzustürzen. Ich ziehe die Jalousie einen Spaltbreit hoch und blicke in die Dunkelheit. Eine so tiefe Schwärze aus Nacht ist mir bislang an keinem Ort der Welt aufgefallen. Am Tag wirkt die Landschaft geheimnislos und provozierend in ihrer Bescheidenheit; ein Land, das ohne die Verlockung von Hügeln und Tälern auskommt, flach sich hinstreckt, darbringt. Aber mit der Dunkelheit, wenn die Begrenzungen fehlen, an denen Lichtspuren oder ein Klang sich fangen könnten, verwandelt es sich in einen raumlosen Strudel aus kaltem Erdgeruch und rauem Wind.
Das Bett ist sehr schmal. Ich suche eine Position, die sicher ist, durchzuhalten für Stunden. Drehe ich mich aus der Rückenlage auf die Seite, finde ich mich an der

Bettkante wieder und meine Arme hängen in der Luft. Das Kopfkissen ist zu weich. Das Bett kommt mir kleinlich vor, versagt mir Halt, wo ich ihn brauche, und zwingt mich gleichzeitig in Position. In jeder der vergangenen Nächte habe ich mir vorgenommen, meine Mutter um ein anderes Kissen zu bitten, doch ich vergesse es tagsüber.

Ich schalte die Nachttischlampe an, öffne die Tür und schließe sie leise hinter mir. Im Flur ist es dunkel. Doch in der Dunkelheit entsteht ein leuchtender Punkt, auf den ich zugehe, ein kleiner männchenförmiger Kegel im Schlüsselloch zum Zimmer meiner Mutter. Ich bleibe davor stehen, unsicher plötzlich. Lebte mein Vater noch, würde ich nun klopfen. Der Gedanke, die Logik dahinter ist diffus, mir kommt das Bild des Kindes, das nachts ans Bett der Mutter tritt mit Halsweh, Durst, Alpträumen. Ich gehe ins Badezimmer. Vor dem Spiegel stehen sein Deodorant und sein Rasierwasser. Letzteres wohl neu, jedenfalls noch randvoll. Ich beuge mich vor. Es ist ein ziemlich typischer Duft, einer, der unabhängig von der Dosierung immer etwas zu stark ist; eine Duftmarke, ein Überfall, und weil das zu meinem zurückhaltenden Vater eigentlich nicht passte und ihm sehr unangenehm gewesen wäre, hatte ich mir eine Bemerkung verkniffen, als auf unserer letzten gemeinsamen Autofahrt dieser Duft aus seinen Mantelritzen drang und ich Kopfschmerzen bekam. Mein Vater zeigte auf das Hallenbad, wo ich als Kind schwimmen gelernt hatte und um das herum nun ein Bauzaun stand. »Die wollen das abreißen und eins dieser Spaßbäder hochziehen wie überall, im nächsten Sommer soll es fertig werden.«

Ich öffnete das Fenster ein Stück weit, dabei ein Bild vor Augen, wie wir gemeinsam mit meiner Nichte Laura dort Spaß haben würden im nächsten Jahr.
Wieder im Flur, trete ich ins zögerlich einsetzende Licht der Energiesparlampe. Es dauert einen Moment, bis sich die Umrisse meiner Mutter aus dem Hintergrund lösen.
»Du schläfst nicht«, sagt sie, »du bist wach.«
Eine Sekunde lang, weil ihr Blick so starr ist und weil sie so orakelhaft redet, bin ich nicht sicher, ob *sie* wach ist. Vielleicht wünsche ich mir, dass sie schlafwandelt, als Zeichen, dass jetzt etwas anders ist. Vielleicht warte ich auch auf ihre Frage, wie es mir geht. Wie ich leben werde ohne ihn, wie das für mich ist, keinen Vater mehr zu haben. Ich würde ihr alles ganz ehrlich sagen. Vielleicht wird alles neu, das würde ich sagen. In diesem Augenblick könnte ich das. Ob sie mir jetzt sagen kann: Das ist in Ordnung, Ariane. Wir wissen doch, wie sehr du ihn geliebt hast, wir wissen doch, du bist ein Papakind.
Das sagte sie auch, als Arndt das erste Mal bei uns war, die Ariane ist ein Papakind. »Warum sagt sie das zu mir?«, fragte er hinterher.
Sie zieht den Bademantel enger.
»Es ist spät, es ist schon nach eins. Willst du Baldrian?«
»Ein festeres Kopfkissen würd's auch tun.«
Sie geht in das Zimmer meines Vaters. Ich war seit seinem Tod nicht mehr drin und bleibe auch diesmal draußen stehen. Über die Wände strömen Wolken, Himmelsausschnitte, Flugzeuge, in den Regalen posieren Modellflieger. Er hatte sich hierhin zurückgezogen,

und er hatte hier in den letzten Jahren auch übernachtet, wegen des unruhigen Schlafs, er wollte sie nicht stören. Dort auf dem Sofa, das sie nun hochklappt, habe ich gesessen, während seine Finger durch die Steuererklärung wanderten, die Versicherung, meine Studienbescheinigung und Arztrechnungen. Es gab stets wenig zu besprechen. Aber ich saß dort und konnte nicht weg. Ich hörte nicht immer genau hin, und er spürte das und wiederholte daher seine Worte, und weil er sie wiederholte, hörte ich nicht hin.

Sie bückt sich nach dem Kopfkissen und bezieht es neu. Es ist sein Kopfkissen. Ich liege wach bis zum Tagesanbruch, bis die Amseln ihre tiefblauen Klangbänder um meine Kehle schlingen, mich herabziehen in den Schlaf, und ich wache auf, als es schon lange hell ist, das Licht in den Jalousienritzen ist klar und kräftig.

Ich schalte das Handy ein. Die Nachricht von Leander meldet sich auf dem Weg zur Küche, und ich gehe, um sie in Ruhe zu lesen, wieder zurück in mein Zimmer.

Das ist schrecklich. Ich denke an dich. Komme nächste Woche aus Mexico City zurück, auch wenn ich eigentlich keine Lust habe, nichts als Arbeit erwartet mich zu Hause. Lieben Gruß, Leander.

Aber ich, *ich* erwarte dich hier! will ich ihm schreiben, doch das wird ihn erschrecken. So kennt er mich nicht, so bedürftig. Darum gehe das überhaupt mit uns. Aber das war im Herbst.

Ich öffne die angelehnte Tür zur Küche, meine Mutter schaut vom Kirchenblatt zu mir auf und sagt: »Ich habe zum ersten Mal Hunger.« Sie klingt neugierig, vielleicht beobachtet auch sie, was die Stunden und

Tage mit ihr machen, welche Sprache sein Fehlen in ihr findet. Appetitlosigkeit erst tagelang, nun also Hunger.
Vielleicht wird tatsächlich alles anders, denke ich, als ich mich kurz darauf über die Spüle beuge, in den Händen einen Kopfsalat. Meine Mutter schält Kartoffeln, ich fühle sie hinter meinem Rücken als eine kompakte, einer inneren Spur folgende Bewegungseinheit, spüre den Halt, den sie am Schälmesser findet, das mechanisch an den Kartoffeln entlangfährt und über dem sie vielleicht ganz vergessen hat, dass sie Hilfe in der Küche strikt ablehnt. Das lernte ich bereits als Kind, wenn ihre Mutter zu Besuch war, rührend vor den hohen Töpfen stand und sich und ihr Wissen als Zutat in unser Essen zu mischen versuchte. Ich hatte verstanden, durch einen Streit eines Tages, der meine Großmutter aus der Küche vertrieb und fortan mit uns wartend am Esstisch einreihte, dass Nahrung ausschließlich von meiner Mutter kam und dass an Festtagen mit mehreren anspruchsvollen Gängen das dialektische Geflecht aus Vorsatz und Krisis – ihr Seufzen hinter der Küchentür – und letztendlich Meisterung der Lage, Sieg, dazugehörte.
Ich rupfe die Blätter vom Kopfsalat, beklommen, als sei mir eine Aufgabe anvertraut worden, der ich nicht gewachsen bin. Ich konzentriere mich auf die leicht knackenden Rippen, ein Geräusch, das klein ist und harmlos. Ich weiß nicht, ob ich schon zu viele der äußeren Blätter entfernt habe oder zu wenige. Ich sehe zu meiner Mutter, sie nickt mir zu, in ihren Händen eine Kartoffel mit blassgelber Schneise. Ich räume die welken Blätter von der Spülablage, in den Edelstahlrillen blei-

ben schmutzige Pfützen zurück, wische den Schmutz mit einem Papiertuch auf, nicht sicher, ob ich den Zauber breche, wenn ich nun frage: »Wo kommt das hin?«

»Dort, in den Eimer.« Kein Aufwand in ihrer Stimme, jede Anstrengung vorbei. Sie wirkt ein wenig fremd in ihrer Küche. Wie nach einer Urlaubsreise vielleicht, wenn sich eine Verzögerung, Verschleppung dem routinierten Zugriff auf Altbekanntes vorlagert.

Mit dem Handrücken gebe ich dem Schwingdeckel einen Stoß und lasse das Papiertuch in den Eimer fallen. Der Deckel pendelt noch sekundenlang aufgeregt hin und her.

»Wo ist noch mal die Salatschleuder?«

Sie zeigt zum Hängeschrank über dem Herd und schiebt ein tiefgekühltes Gemüsegratin in den Ofen. »Eine halbe Stunde ab jetzt«, sagt sie und hält mir ein Stück Schokolade hin, wie ein Zaubertrick, ich weiß nicht, wo sie es plötzlich herhat. Ich schiebe es mir komplizenhaft in den Mund, in Spiegelung mit ihr, die sich selber ein Stück abgebrochen hat, die abrupte Süße schlägt einen lichterlohen Blitz durch mich.

Wir haben in den letzten Tagen hauptsächlich von dem gelebt, was man aus dem Kühlschrank nehmen und sofort essen kann. Einmal auch herbeitelefonierte Pizza, die wir zur Hälfte einfrieren mussten, weil wir keinen rechten Appetit hatten. Tütensuppen, die ohne Nachdenken und in der Küche ohne Choreographie auskommen. Die Lücke am Esstisch, der Platz, der frei bleibt, ein zu unterdrückender Gedanke. Ich halte mich stets fest an Gabel und Messer, ich konzentriere mich auf jede Bewegung, als könne ich sonst abrutschen.

Das Wasser schießt in weißem Strahl auf die starren hellgrünen Blätter, und sie spritzen es umstandslos zurück, gegen meinen Pullover. Ich stelle den Strahl kleiner und sehe mich zu ihr um, ob sie das Missgeschick bemerkt hat. Hat sie nicht. Unter dem kalten Wasser pflüge ich mit der Hand die Blätter um, vorsichtig und zügig, damit sie sich nicht vollsaugen. »Machst du auch die Salatsoße?«, höre ich sie fragen, freundlich, fast aufmunternd. Ich suche im Regal nach Essig und Öl, entscheide mich unter den vielen Flaschen für Distel und Weißwein. Ich höre sie sagen: »Das reicht wohl«, und bin nicht sicher, ob sie die Menge meint oder mein Rühren.

Den Worten fehlt Räumlichkeit, sie klingen wie im Sprachkurs, ohne oben und unten, ohne davor und danach. Die Salzkartoffeln springen im brodelnden Wasser auf und ab, meine Mutter stellt die Flamme kleiner. Ich sehe aus dem Fenster, und sie bemerkt meinen Blick, sagt etwas über eine herrische Amsel, die alle anderen Vögel aus dem Vorgarten vertreibe, und dass der Rasen zu hoch sei, er, mein Vater, das eigentlich am Wochenende habe machen wollen. Es klingt fast, als beklage sie sich über ihn. Als gehe es doch noch weiter, wenn auch Tote enttäuschen können.

»Ich kann den Rasen ja mähen.«

»Aber das hast du doch noch nie getan.«

»Ich kann es ja versuchen.«

Sie streicht mit der Hand vorsichtig über einen Beutel Brot. Unter dem Plastik schimmert weißer Flaum. Sie lächelt. »Egal, was es zu essen gab, immer sagte er: Hast du auch Graubrot?«

Sie wirft den Beutel in den Müll. Dann öffnet sie den Kühlschrank, holt die Diätkonfitüre heraus, legt sie dazu.
»Ich mag ja lieber richtige mit Zucker, wir mussten immer alles doppelt kaufen. Aber dann steckt er sich abends heimlich Würfelzucker in den Mund!«
Sie scheint nicht systematisch vorzugehen, als sie nun verschiedene Gläser und Packungen aus dem Kühlschrank nimmt, eher stichprobenartig diese Handlung für sich antesten zu wollen, wie das ist, sich anfühlt, ob es überhaupt möglich ist. Irgendwann wird sie sich die Garderobe am Eingang vornehmen, seine Schuhe, Mäntel und Schirmmützen aussortieren, eines Tages den Kleiderschrank. Ich überlege, was ich zu ihr sagen könnte, etwas Tröstendes, aber da ist nichts. Sie hält die offene Kühlschranktür fest oder hält sich selbst daran fest. Der Schrank überragt sie ein Stück. Sie scheint mir tapfer, aber ich weiß, dass dieses Wort unzulänglich ist und ihr nicht gerecht wird. Es ist alles zu wenig. Was immer einem einfällt, es ist zu wenig.
Sie nimmt die Diätmargarine heraus, seufzt und scheint plötzlich genug zu haben. Unter dem Plastikrand des Deckels nisten Fettreste, die sie sich gedankenverloren von der Hand wischt. »Dann können wir ja schon den Tisch decken«, sagt sie.
Ich gehe ins Wohnzimmer, nehme die Decke vom Esstisch und schlage eine neue auf, breite sie über das große Oval, ein Tun, das merkwürdig lebensfroh auf mich wirkt. Mein Vater sitzt am Tisch und sieht zu mir auf. Er erkennt mich nicht, aber ich kann ihn sehen. Er wischt sich mit der Hand übers Gesicht, eine Unruhe

ist dort, als wischte er sie weg wie Soßenspritzer. Und dann steht er auf.
Wenn bei Kaffeetafeln die Stimmen zu laut wurden, zu flink um sich griffen, er in Zuhörergefangenschaft geriet, stand er auf. Er schob die Unruhe auf seine Füße, die jetzt wieder zu kribbeln anfingen, er müsse sich ein wenig bewegen, entschuldigte sich. Er ging in sein Zimmer oder durch den Garten, sein heller Pullover leuchtete hinter dem Fensterglas, vor den aufschießenden dunklen Bäumen, ein heller, lichtfangender Fisch in der Tiefe eines Sees mit Wasserpflanzen: flatternde Blätter der Blutbuche, der Felsenbirne, der japanischen Kirsche, er, wandernd in groben Holzpantinen, den Rücken zum Haus, den Blick gelegentlich zum Himmel hebend, das Wetter prüfend, Luft holend. Manchmal verweilte er vor einer Pflanze, schien nachzudenken, versonnen, aber die Unruhe schlug in seinem Körper. So jedenfalls schien es mir. Seine schnelle Erschöpfung und seine im Alter zunehmende Angst, sich festzulegen, festlegen zu lassen, auch von sich selbst. Er verstand nicht mehr, was ihn zu einer Busfahrt nach Rom bewegt haben konnte, zu der er am nächsten Tag keine Lust mehr hatte, aber nun war sie gebucht. Er konnte eine geplante Unternehmung, eine anvisierte Tagestour, unendlich oft im Terminkalender herumbewegen.
»Hast du von Beatrice inzwischen gehört?«, fragt sie mich unvermittelt.
»Nein, sie hat sich nicht mehr gemeldet.«
»Dass sie dich da einfach sitzengelassen hat. Was ist wohl in sie gefahren? Ob sie Drogen nimmt?«
»Ich habe keine Ahnung«, sage ich, aber die Worte mei-

ner Mutter tun weh, *sitzengelassen*, das hat sie mich schon mit zwölf, nach meinem Verständnis jedenfalls, meiner absolutistischen Vorstellung von bester Freundin, die ich ihr doch war, die nicht mit unzähligen anderen zu konkurrieren und um sie zu werben bereit war, schien doch unsere Freundschaft ein längst besiegeltes Ding.
»Früher war sie so hübsch und so gut angezogen!«
»Da hat ihre Mutter sie eingekleidet«, sage ich und öffne den Schrank. »Welches Geschirr?«
»Das gesprenkelte. Wie findest du, wie sie jetzt aussieht?«
»Sie hat halt ihren eigenen Stil«, antworte ich.
»Aber ist das denn schön? Könnte sie nicht mehr aus sich machen? Diese verschlissene Kleidung und das verfilzte Haar!«
»Aus ihrer Sicht tut sie damit sicher das Optimale.«
»Kommt sie zur Beerdigung?«
»Wir haben nicht darüber gesprochen.«
»Über was habt ihr denn gesprochen?«
Dass wir wenig gesprochen haben, will ich gerade antworten, nur Belangloses, und merke, wie ich in zwei Teile auseinanderdrifte, will ihr meinen Abstand zu Beatrice beweisen, will aber auch Beatrice vor ihrer schnellen Meinung schützen. Sie spürt mein Stocken.
»Ach, lass nur, es geht mich ja nichts an.«
Sie wendet sich ab und stützt sich mit den Händen auf die Anrichte. Ich sehe ihren Rücken lange Zeit. Ich lege schließlich meine Hand auf ihre Schulter, und wir stehen so, bis ein Auto vorfährt, da schiebt sie sich aus meiner Berührung heraus, und beide blicken wir aus dem Fenster. Der Beerdigungsunternehmer, ein alter

Mann, kommt wackelig die Auffahrt hoch. Wir warten das Läuten der Türglocke ab. Ich warte, dass sie mir ein Zeichen gibt.
»Er will sicher die Totenbildchen abgeben.«
»Ich mach ihm auf«, sage ich.

Der Beerdigungsunternehmer sieht aus wie aus einem Film, eine hagere Gestalt in einem schwarzen Anzug, das weiße Haar zerzaust vom Wind. Er reicht mir einen braunen Umschlag und sagt: »Die Totenbildchen und der medizinische Bericht. Er dokumentiert nur den äußeren Zustand der Leiche, die Auswertung der Obduktion liegt in sechs Wochen vor.«
Ich nicke fachmännisch und ziehe eine Klarsichthülle hervor, in der, wie ein Passfoto, ein Jesusbildchen mit einer Büroklammer auf amtliche Papiere geklemmt ist. Meine Schwester würde den Beerdigungsunternehmer nun ins Haus bitten. Sie scheint von diesem Bericht nichts zu wissen, sonst stünde sie hier.
Unter der Folie erkenne ich eine Schrift in Holländisch. An der holländischen Nordsee haben wir früher oft Urlaub gemacht. Nicht da ist es passiert, aber daran denke ich jetzt, an Schokohagel auf gebuttertem Weißbrot, Radtouren durch Nadelwälder und Heide, zu der Dünenlandschaft mit Strandhafer und hellem, glattgewehtem Sand, und an Möwen, die wie weißes Tuch über dem Meer segeln.
Holland, da hat er gar nicht hingewollt. Er hätte das vorher anmelden müssen, wenn er über die Landesgrenzen wollte, daher weiß man, dass er sich verflogen, dass er die Orientierung verloren hat. Ich bedanke

mich. Meine Finger drücken so fest auf die Plastikhülle, dass das Pulsieren wie von einem Herz, das ich wiederbeleben konnte, in die Fingerspitzen steigt.
Ich gehe in das Zimmer, das einmal meins gewesen war, und lasse den Bericht in meine Tasche gleiten.

5

Die Uhr zeigt kurz nach Mitternacht, die Nachttischlampe wirft ein gelbes Oval an die Wand, im Haus ist es still und draußen kein Wind mehr, kein Regen. Ich halte die Papiere des Beerdigungsunternehmers in die Höhe, dann lasse ich sie auf mein Gesicht sinken und atme hinein, das Papier wackelt leicht, ganz leicht, mit jedem Atemzug, und die Wärme meines Atems bedeckt mein Gesicht. Ich kann mir vorstellen, dass die Welt hier endet, mit meinem Gesicht und dem Papier, das den abschließenden Himmel bildet, dass das alles ist, nur meine Gesichtshaut als Erde und das Papier als Himmelszelt, dazwischen einige Millimeter Luft, ein wenig Leben, eine kleine Dosis Leben; so könnte es gehen. Das Licht dringt durch meine Lider, und als ich die Augen öffne, stehen wieder die Schriftzeichen des medizinischen Berichts über mir. Ich spüre meine Haut aufbrechen, scharfen Schmerz, dann zucke ich zurück in eine andere Vorstellung, die weiter weg liegt; ich sehe Pater Joseph, den alten burmesischen Jesuitenpater und Zen-Meister, und würde ihn jetzt gerne anrufen, wenn er ein Handy hätte, aber er würde wohl sowieso nur schweigen, wie es seine Gewohnheit ist als Zen-Meister, oder sein sirrend leises »really?« oder sein »good« flüstern; viel mehr habe ich in den sechs Monaten nicht von ihm gehört, und diesmal würde er vielleicht sagen: »I am sorry for your loss« oder: »I will pray for your father.« Und wir würden schweigen, und ich würde vielleicht die rauschende Stille der indischen

Palani-Berge hören oder die blühenden Kaffeesträucher der Plantagen, durch die eine Hand des Paters streicht, wie ich es einmal vom Dach des Klosters aus gesehen habe; einhändig verursachtes Rascheln weißer Kaffeeblüten, und wie er nun an einen Vers von Matsuo Basho denkt, der vielleicht passen könnte, aber ihn nicht sagt, weil auch Basho nichts sagen würde zu der Frau, die ihn anruft, weil ihr Vater ohne Augen und ohne Gesicht ins Grab muss. Niet gefonden. So viel Holländisch verstehe auch ich.
Sind die Berge und der Pater und die anderen noch immer da? Und ist es erst zwei Wochen her, dass auch ich da war? Gibt es in diesem Augenblick, neben dem Blatt Papier auf meinem Gesicht, etwas weiter weg den Saal mit den gebohnerten dunklen Holzdielen, auf denen man sich morgens um fünf Uhr hinsetzt und alle dreißig Minuten, wenn der Gong ertönt, mit den anderen im Kreis trippelt, gibt es den goldenen burmesischen Buddha neben dem Kruzifix, der in seinem Funkeln nicht ganz passt zum schmucklosen Gemeindezentrumsmobiliar, ein Buddha; zweifellos ein Buddha, aber aus einem fremden Land, wie wir alle fast. Und gibt es noch die Bibliothek des Paters mit den deckenhohen Holzregalen, aus denen ich Aristoteles, Cusanus, Heidegger und Basho herauszog, und habe ich tatsächlich dort jeden Nachmittag gesessen und geglaubt, mir selbst etwas über Unendlichkeit erzählen zu können? Und dann nehme ich das Papier vom Gesicht und rufe Arndt an, damit er mir bestätigt, dass es das alles noch gibt, oder mir aus meinem Bericht vorliest, den ich von dort mitgebracht habe; lies mir etwas daraus vor, will

ich zu ihm sagen, die Stelle ganz zu Anfang, wo ich dem Pater erkläre, dass ich ihm keine Koans beantworten kann, nicht weil ich die Antworten nicht weiß, sondern weil ihr Weg hinaus in die Sprache nicht möglich ist, und statt dass der Pater daran erkennt, dass ich bereits erleuchtet bin, sagt er leise: »It doesn't matter.« Ende des Gesprächs.

»Hörst du mich?«, flüstere ich, damit meine Mutter nicht wach wird.

»Ich höre dich«, sagt Arndt leise.

»Habe ich dich geweckt?«

»Es ist zwei Uhr nachts.«

»Tut mir leid.«

Wir schweigen, so wie der Pater mit mir schweigen würde, doch, nein, es ist anders, mit dem Pater wäre es ein anderes Schweigen. Ich will von meinem Vater erzählen, was ich nun weiß, aber das kommt mir vor wie auf einen Nackten zeigen. Schutzlos ist er. Kann nichts mehr erklären, kommentieren. Das Papier in der Hand, lasse ich den Arm sinken. Ich schließe die Augen. Ich höre jemanden summen, das bin ich selbst. Katzen im Schmerz schnurren. Ist es das, was ich tue?

»Manchmal scheint mir, ich kriege nur einen Bruchteil mit von dem, was wirklich vor sich geht«, beginne ich. »Ich bilde mir ein, wie ein Detektiv eine Spur zu verfolgen, hinter dem Rücken meiner Schwester, aber das ist so billig und dient doch nur dem Zweck, tatsächlich nicht zusammenzuklappen. Aber sie zwingt mich in dieses Verhalten, und eigentlich habe ich etwas ganz anderes erwartet. Ich habe mir vorgestellt, dass, wenn einer unserer Eltern stirbt, dass wir uns alle plötzlich verstehen. Übrigens, es gab keinen Brand. Er muss anders gestorben sein. Jedenfalls steht da nirgends was von Verbrennungen. Ich finde, das hätte ich ruhig eher erfahren dürfen. Und ich werde meiner Schwester von dem Bericht nichts erzählen, warum auch, interessiert sie ja alles nicht, selber schuld.«

Arndt schweigt, und das ist komisch, in den Nächten davor, wenn ich ihn anrief, habe ich ihn wachgequasselt. Aber sogar in unserem Schweigen ist die alte Welt mühelos wieder da. Als wir noch ein Paar waren und zu bequem, die zehn Minuten Fußweg zum anderen zurückzulegen, haben wir das Telefon oft laut gestellt und mit uns herumgetragen, während wir in unseren Wohnungen den Abwasch machten oder gemeinsam einen Film im Fernsehen ansahen; jeder das Telefon mit dem roten Lämpchen bei sich, und manchmal redeten wir und manchmal auch minutenlang nicht, nur das rote Lämpchen und unser Schweigen, der andere war da, und es war, als wohnten wir zusammen, konnten den anderen aber auch jederzeit rausschmeißen. Ich weiß nicht, wie es ist, wenn wir nun kein Paar mehr sind.

»In den Palani-Bergen geht jetzt die Sonne auf«, sage ich und sehe, wie sie rot über die Bergrücken steigt und den Garten unter meinem Fenster in feuchten, glühenden Dunst auflöst. Blühender Kürbis, Salat, Kräuter und Undefinierbares. Und da fällt mir der Traum wieder ein. Ich habe ihn gleich in der ersten Nacht geträumt, und er scheint mir für einen Traum zu direkt, zu unverschlüsselt, als hätte mein Unbewusstes versagt,

nicht die Kraft aufgebracht für die Übersetzung in Symbolsprache.
Ich stehe vor der Glastür zum Garten, und mein Vater, der gerade einen Tag tot ist, tritt neben mich; mitteilungsbedürftig, ein bisschen kindlich auch beschwert er sich über die Lücke zwischen den Bäumen, da, wo sie während meiner Reise eine zu hohe Fichte gefällt haben, und seither kann man ungehindert zu ihnen sehen. Das Licht fällt auf sein Gesicht, wir werden still, dann sagt er plötzlich: »Schau mal, Ariane, die haben mir einen ganz neuen Körper gemacht, es war ja alles kaputt, aber die Medizin kann das heute, die sind wirklich sehr weit inzwischen, alles Ersatz, aber es sieht doch aus wie echt, oder?«
Und er will, dass ich ihn ansehe. Ich sehe ihn an, aber mir gefällt nicht, wie er mit mir redet; er ist weiter weg, als er mir weismachen will. Und ich sage: »Aber du bist tot.«
Ich habe Arndt von diesem Traum bereits erzählt, und nun erzähle ich ihn ein zweites Mal, ich will, dass er wieder sagt: Vielleicht war das kein Traum, vielleicht hat er dich wirklich besucht. Und dann könnte ich sagen: Aber ich glaube nicht an so etwas. Vielleicht habe ich früher einmal so etwas für möglich gehalten, früher, vor einer Woche noch, als es nicht darauf ankam, aber jetzt kann ich es mir nicht leisten, etwas zu glauben, denn jetzt kommt es darauf an.
Arndt schweigt noch immer. Ich sage: »Du bist tot. Ist das ein guter Satz? Ich meine, kann man das zu jemandem sagen?«
»Ich habe jemanden kennengelernt, Ari. Es tut mir sehr

leid, dir das ausgerechnet jetzt mitteilen zu müssen. Aber sie ist hier. Und ich kann nicht richtig reden.«

Ich lege auf.

6

Ich höre das Lachen meines Vaters, der mir lachend etwas erzählt, aber ich kann ihn nicht verstehen. Ich bin verzweifelt, und davon werde ich wach. Seine Stimme ist noch in meinem Körper, und ich weiß, ich verliere sie, sobald ich einen Finger hebe, einen Zeh bewege. Das Licht, das durch die Vorhänge fließt, ist noch genau so hell wie am Nachmittag, als ich einschlief.

Auf dem Boden liegen Pfützen aus Kleidung, ich schleife ein Stück Stoff mit in den Flur. Mir ist schwindelig. Ich schaue zum Anrufbeantworter, falls mein Vater die Nachricht, die in seinem Lachen unterging, zur Sicherheit noch mal da draufgesprochen hat. Aber das Gerät ist aus. Und dann erst fällt mir wieder ein, dass er tot ist.

Mein Vater ist seit fünf Wochen tot. Er ist unter ungeklärten Umständen mit dem Flugzeug abgestürzt. Er war Hobbyflieger. Es ist Juni. Früher Abend. Ich bin dreiunddreißig Jahre alt. Sonnenlicht und Möglichkeiten, nein, was jetzt ist. Was jetzt ist. Im Kühlschrank der mächtige Eisblock, der seit Wochen die Lebensmittel an den vorderen Rand der Schiene drängt. Einen Beutel Karotten, eine Tube Mayonnaise, eine Cortisoncreme gegen Hitzepickel vom letzten Sommer. Ich streiche mit dem Zeigefinger über das glasige Eis, das wie eine Geschwulst aus der Kühlschrankwand herausgewachsen ist, jeden Tag mehr Raum einnimmt, und ich kann mich nicht überwinden, etwas dagegen zu

machen, denn im Grunde ist der Kühlschrank kaputt und ich brauche einen neuen.
Ich schabe eine Möhre über der Spüle ab und beiße hinein. Die Katze schaut interessiert zu mir hoch. Ich gehe in die Hocke und lasse sie schnuppern. Sie hebt geziert die Tatze und schlägt danach, dann streicht sie mit ihrem Körper wie eine Hand an meinem entlang, ihr Kopf sucht meine Hände auf, meine Ellbogen; jede exponierte Stelle wird einmal geflissentlich berührt. Ich beginne zu weinen und richte mich erst auf, als das Telefon klingelt.
»Ich bin's.«
»Hi Svenja, wie geht's?«
»Bist du krank? Du klingst so komisch.«
»Nein«, sage ich und schweige, will ihr nicht sagen, dass ich geweint habe, und auch nicht, dass ich schlafe, während sie in ihrem Büro sitzt und Labore entwirft.
»Ich versuche seit gestern, dich zu erreichen. Stell deinen Anrufbeantworter bitte an.«
»Die Katze hat ihn ausgestellt.«
Svenja lacht leise, dabei habe ich keinen Witz machen wollen. Meine Katze, wenn sie auf die Kommode springt, erwischt manchmal die Ein-/Aus-Taste. Das ist so.
»Hier ruft sowieso kaum einer an«, sage ich und schaue aus dem Fenster. Aus der Regenrinne gegenüber hängen zwei Unterhosen, schon seit letztem Herbst. Sie sind weinrot und rosa, aber mit grauem Firnis überzogen, beide stillhaltend, hängend, da. Ich sehe sie gerne an.
»Hör zu. Der Obduktionsbericht liegt vor. Der holländische Polizeibeamte will uns dafür treffen. Fünfzehn

Uhr am Dienstag bei Mama. Ich hol dich um halb zwei ab, okay?«
»Okay.«
»Du kommst aber bitte allein, ja, es ist eine Familienangelegenheit.«
»Arndt hat eine neue Freundin.«
»Ja?«
»Ja.«
Ich warte, dass meine Schwester nach Einzelheiten fragt, aber das tut sie nicht. Und da fällt mir ein, dass ich gar keine Einzelheiten kenne. Und dass ich Arndt in jener Nacht vor fünf Wochen noch etwas erzählen wollte, aber nicht konnte, weil Arndt das mit seiner Freundin sagte. Und da hatte ich aufgelegt.
»Weißt du eigentlich, was Papa mir bei unserer letzten Begegnung erzählt hat, ausgerechnet da?«
»Nein, aber bitte mach's kurz oder erzähl's mir ein anderes Mal. Ich muss Laura vom Klavierunterricht abholen.«
»Er hat mir von seinem Autounfall vor vierzig Jahren erzählt. Du erinnerst dich doch, der Unfall mit dem blauen Ford. Wie er durch die Heckscheibe geschleudert wurde und der Gedanke, auf diese Weise zu enden, ihn zum Lachen brachte. Er kam lachend auf dem leeren Acker auf. Er lachte, bis er merkte, er war nicht tot. Und vielleicht war das ja neulich nicht anders. Nur dass er dann eben doch tot war.«
Sie scheint nachzudenken.
»Ich kenn die Geschichte. Hat er oft erzählt.«
»Echt? Und wenn schon. Dass er ausgerechnet beim letzten Mal davon anfängt!«

»Gut, wenn dir das hilft bei was auch immer ...«
»Es geht nicht darum, ob mir etwas hilft bei was auch immer, sondern ...«
»Ari, ich kann jetzt nicht. Und sei so nett, lass am Dienstag den Polizeibeamten reden. Wenn du Fragen hast, verkneif sie dir. Bohr nicht nach. Nimm Rücksicht auf Mama. Mach da bitte keine Horrorshow draus.«
Ich lege auf. Ich knipse meine Schwester einfach mit dem Daumen weg. Das scheint nun zu einer neuen Gewohnheit zu werden. Weg sind sie alle. Ich atme aus, fühle mich gut, plötzlich gut wie lange nicht mehr. Das Telefon klingelt erneut, ich renne in den Flur und schalte den Anrufbeantworter ein. Erst meine Stimme, dann Svenjas, die unverändert sachlich vorträgt: »Also am Dienstag dann um halb zwei. Ich klingle an der Haustür, und du kommst dann runter. Pass auf dich auf. Ciao.«
Ich lösche die Nachricht, noch während sie läuft; wenn man diesen Moment verpasst, muss man fürs Löschen alle Nachrichten der Reihe nach durchgehen, jede wird kurz angespielt. Es sind sieben gespeicherte Nachrichten, zwei von meinem Vater. Ich habe nach seinem Tod einmal sein *Hier* gehört und sofort weitergeschaltet. *Hier ist der Papa*, so hat er sich immer gemeldet. *Hier*. Aber das ist nicht mehr *hier*. Es ist nur noch in der Maschine *hier*, und ich weiß nicht, wohin mit diesem *Hier*.
Ich lege mich wieder ins Bett, sehe irgendwann die Dämmerung kommen, den Abend. Ich schalte den Laptop ein und schreibe:

»Lieber Leander, ich bin nicht ganz bei den Dingen, die Dinge sind nicht bei mir, eine Unruhe schiebt mich über sie hinaus. Der Eindruck, im gleich nächsten Moment zu straucheln, zu fallen, wenn ich nicht achtgebe. Dann gehe ich meistens schlafen, am helllichten Tag. Darum kann ich auch heute nicht mit dir ins Kino. Da ist niemand in mir, den ich dazu mobilisieren könnte, und das ist keine meiner buddhistischen Ausreden, die du ja so zum Kotzen findest. Vielleicht reden Trauernde so, denn wer jemanden verliert, verliert auch sich selbst.«

Ich bin nicht sicher, ob ich das abschicken kann. Ich habe mehrere solcher Nachrichten an Leander, horte sie, sitze auf ihnen, sitze auf mir selbst. Sie scheinen mir eine Spur zu pathetisch und aufdringlich.

Das Telefon klingelt. Statt der Nachricht betrachte ich schon lange die auseinanderstrebenden Sterne des Bildschirmschoners. Als ich die Maus berühre, kehrt die Nachricht zurück, das Bild verschwindet kurz, lädt sich neu, an der aktualisierten Uhrzeit sehe ich, dass eine halbe Stunde vergangen ist.

»Ich fahr jetzt los«, sagt Leander.

»Ja, ich auch«, sage ich.

»Dann bis gleich.«

Ich schiebe mit den Füßen die Kleiderhaufen hin und her, wühle durch die verknäulten Hosen, T-Shirts, Blusen am Boden und wühle gegen mich selbst an, wie Fell gegen den Strich bürsten, es kostet immense Kraft, gegen die Folgen der Apathie anzuarbeiten, gegen Abwendung und Abkehr, zu denen das Zimmer in den vergangenen Wochen sich entschlossen hat. Im Schrank hängt ein helles Kleid. Ich zögere, dann nehme ich Jeans und T-Shirt vom Boden. Fürs Duschen keine Zeit mehr. Draußen ist es dunkel, und doch ist die Luft jetzt wärmer als drinnen. Ich steige aufs Fahrrad und halte das Gesicht in den Fahrtwind, lasse mich davon übermalen. An der ersten Ampel prallt etwas unerwartet zurück, erst der Eindruck aus Kummer, dann mein eigener Geruch, Achselschweiß, nur ganz leicht, das ist sicher nicht schlimm. Ich sehe mich über die Schulter um, weil ich kurz glaube, Leander fährt aus der Seitenstraße auf mich zu.

Als ich am Kino ankomme, kann ich ihn nirgends entdecken. Ich müsste durch die Leute hindurch, die sich vor dem Eingang stauen, da durchschleichen, ihn suchen. Ich lehne mich gegen die Häuserwand und blicke auf die vorbeiziehenden Autos, Radfahrer, Fußgänger. Wie mit Händen fasst mein Blick alles an und zieht es zu sich, aber es läuft durch mich hindurch, als wäre ich ein Geist und es fehlte der Kern, auf den die Eindrücke träfen, die der nackten Arme und Handgelenke und der flatternden Sommerkleider. Die aus Wachs geformten hohlen Körperteile vor der St. Mary Church beim Jesuitenkloster, unten, im Dorf. Daran denke ich; wie für jedes Gebrechen ein entsprechender Körperteil gekauft und der Mutter Gottes dargebracht wird. Blassweiße Gebilde; Hände, Köpfe, Arme, Beine, Unterleibe. Wie beim Metzger lagen die kleinen Modelle auf dem Warentisch vor der Kirche.

»Träumst du?«

Ich habe ihn nicht kommen sehen, aber er muss, seinem amüsierten Blick nach zu schließen, schon eine

Weile vor mir stehen, und er hat nicht gewagt, auch das wird mir sofort klar, mich zu berühren. Ich schaue auf die gesunde Bräune in seinem Gesicht, die er aus fernen Konferenzländern mitbringt, und den schmalen Mund. Er gibt mir keinen Kuss. Seine Hand in meinem Rücken, ganz leicht, die Fingerspitzen nur.

»Ich hab die Karten übrigens schon.« Damit löst er sich von mir. Wir stehen schon zu lange so herum.

»Danke.«

»Wollen wir was zu trinken besorgen?«, fragt er rasch. Ich nicke, und wir versuchen, uns durch die Menge zur Theke vorzukämpfen, zu den Popcorn- und Tacobehältern. Ich hatte einen Brustkorb gekauft für meinen Vater. Organe konnte man nicht kaufen, nur Körperteile. Das Herz, sagte ich zum Standbesitzer, ein Körperteil bitte fürs Herz. Er reichte mir das Gebilde, einen wächsernen Oberkörper, hohl, ein Brustpanzer. Als ich meinem Vater am Telefon davon erzählte, lachte er. »Das musst du mir noch genauer erzählen, wenn du wieder hier bist. Aber meinem Herz geht es tatsächlich gut.«

Das war oft so. Erzähl es mir genauer, wenn wir uns sehen. Hier, am Telefon, bitte nur die Vorversion. Besser als nichts. Aber zum Reden brauchte er ein Gesicht. Nur nicht in unserem letzten Telefonat. Als hätte er geahnt, dass es das letzte sein würde und dass es da keine Rolle mehr spielte, ob mit Gesicht oder ohne. Ohne Gesicht, ohne Augen. Niet gefonden.

»Du riechst so nach Schlaf, das mag ich.« Leander, merke ich nun, hatte sich kurz zu mir gebeugt, an meinem Nacken geschnuppert. Ich reagierte nicht. Unschlüssig stehen wir nebeneinander. Seine Hand greift nicht nach meiner, dabei würde in der Menge niemand das sehen, ich zögere, aber verschränke die Arme schließlich vor der Brust. »Apfelschorle?«, fragt er. »Ja, gern.« Er reicht mir die kalte Flasche. Er lächelt und schiebt mich sanft Richtung Kinosaal, am Rand des rotüberzogenen Sesselmeers streicht er mit dem Handrücken an meinem nackten Arm entlang, »dreiunddreißig und vierunddreißig, das ist hier«. Die kalte, feuchte Flasche in der Hand mit dem wippenden Strohhalm. Klappsitze, eingezogene Beine, zur Seite geschwenkt, seine Hand wieder an meinem Rücken, bis wir sitzen. Es ist zu eng hier. Es ist *sein* Herz, das meines Vaters, das nun zu rasen anfängt, und auch sein Schweiß, der plötzlich ausbricht.

»Du bist so still, alles in Ordnung?«

Seine Hand auf meinem Bein, die Berührung beruhigt mich, bevor sie plötzlich zu einem Brennen wird und sich hochfrisst zu meinem Mund. Will ihn küssen, wegküssen, herunterziehen zu irgendetwas, wo wir einander gleich sind. Müsste ihm jetzt sagen, dass ich gehen muss. Dass ich eine Absage-Mail schrieb, die ich hätte absenden sollen, statt seinen Anruf zu beantworten. Dass ich keine Filme ansehen kann und immer nur ein Thema habe, eins, das ihn inzwischen langweilt, obwohl er das anfangs noch spannend fand, das spürte ich an seinen freundlich interessierten Moderator-Fragen, sag mal, ja, dein Vater hatte also dieses kuriose Hobby, wie kam das, diese kleine Flucht aus seinem Alltag, gibt es da vielleicht eine Verbindung zwischen dem risikolosen Beamtenleben und einem so waghalsigen

Freizeitsport? Aha, Flieger-HJ, der Keim schon sehr früh gesetzt also, zwölf erst, so jung, und teuer ist das doch sicher auch, so ein Flugzeug zu chartern. Was kostet das eigentlich?
Ich schaue die Sitzreihe entlang, ob ich da durchkomme, an den Beinen vorbei. Leander beugt sich zu mir und flüstert: »Du bist so unruhig. Entspann dich. Niemand verlangt etwas von dir. Wenn du magst, gehen wir hinterher was trinken.« Ich drücke meine Stirn kurz an seine Schulter und weine los. »Aber der Film hat doch noch gar nicht angefangen«, sagt er und versucht, mir übers Haar zu streichen, aber ich stehe schon auf.

Exit, die Treppe, an Kinosaal drei, zwei und eins vorbei. Draußen die Nacht, die ersten Sterne deuten sich an. Ein paar Schritte gehe ich mit Leander gemeinsam, er schließt sich mir an, etwas ziellos bin ich, auch mürrisch, traurig, und will sehen, wie viele Schritte er mir noch folgt. Wir treten auf das Licht, das aus den Schaufenstern fällt. Zwei Schlafsäcke im Eingang eines Dessousgeschäfts werden bewacht von Rümpfen in Satinunterwäsche. Dann merke ich, dass ich Leander verloren habe. Er ist stehen geblieben bei seinem Fahrrad, und leise läuft mein Name zu mir, Ari. Ich mache kehrt, und er drückt mir die Hand, was ich merkwürdig finde.
»Ich glaube, wenn das mit deinem Vater nicht passiert wäre, dann wäre nun alles anders. Du bist nicht bei dir.«
»Das war ich nie. Du hast es nur nicht gemerkt.«

Er lacht, aber ihm ist nicht wohl.
»Was sollte dann dein Ausflug ins Zen-Kloster? Hat das nichts gebracht?«
»Vielleicht, mich von genau diesem Denken zu befreien, dass alles immer etwas bringen soll.«
»Sehr frei wirkst du nicht.«
Seine Mundwinkel zucken spöttisch, ich schlinge schnell meine Arme um ihn und suche durchs Hemd hindurch meinen Weg zum Leberfleck unten am Rücken. Er löst meine Hände und hält meine Handgelenke noch einen Moment lang fest.
»Hörst du mir eigentlich zu?«, fragt er.
»Ja.«
»Den Eindruck habe ich nicht.«
Ich schaue ihn ruhig und interessiert an, aber hinter meiner Stirn explodiert etwas, laut und wüst, und mit ganzer Kraft versuche ich, hier stehen zu bleiben, denke, Neurologe, Psychiater, muss die aufsuchen bald, und weiß, das tue ich nie. Ich presse die Lippen aufeinander, ich schaue ihn immer noch an, aber mit einem Gefühl des Bettelns, großer Angst, bitte, rette mich, mach was mit mir, fick mich oder hau mir eine runter, aber hilf mir da raus.
»Lass uns ein anderes Mal was trinken gehen. Du bist mit dem Fahrrad hier, ja?«
»Ja.«
»Der Grund ist. Ich kann nicht mit jemandem schlafen, der so verletzbar ist und so verzweifelt. Wir können zusammensitzen, ein Bier trinken, aber das wird dir nicht genügen.«

7

Drüben an der Ampel, da, wo das Licht der Laterne an ihm haftet wie leuchtender Staub, hält er das Fahrrad zwischen die Beine geklemmt und schreibt in sein Handy. Ich weiß, wem er schreibt und wo er als Nächstes hinfährt. Und doch spüre ich auch über die Straße hinweg die Nähe. Es ist die Nähe von Komplizen, die ehrlich miteinander sind über ihre Unehrlichkeit. Als ich den Kopf hob und im glänzenden schwarzen Bettrahmen mich selbst sah und das, was hinter mir geschah, seine Lippen verwelkte Blüten, meine Arme von seinen fixiert, zersprang etwas und stieg in den Raum auf, mein Herz war das, eine viel zu starke Liebe.

Nichts davon ahnt er und würde sagen, das hat mit deinem Verlust jetzt zu tun, diese Erhöhung, die du mir da angedeihen lässt, diese Erlöserrolle.

Es hat stets alles mit etwas anderem zu tun, bloß nicht mit ihm.

Ich würde gerne mit seiner Freundin darüber reden, ob er das auch bei ihr so macht, ihr abspricht, tatsächlich ihn zu meinen, oder ob er nur bei mir diese Abtuerei wagt, weil ich ja die Zweite nur bin, der Zusatz, die Alternative.

Ich fahre los. Ich fahre diesmal über den Grüngürtel, vor mir zwei einsame Jogger mit Leuchtreflektoren auf Rücken und Brust. »Licht an!«, ruft jemand, und ich stoße mit der Fußspitze gegen den Dynamo, und das Sirren setzt ein.

Über die dunkle Wiese fliegen die grünen Lichtpunkte

der Hundehalsbänder. Ich halte an. Ich schiebe das Fahrrad auf die Lichtpunkte zu, und mitten auf der Wiese stelle ich es ab und setze mich daneben. Es duftet nach frischem Gras, und ich lege mich schließlich hinein und fühle die Kühle in mich kriechen. Über so eine Wiese lief mein Vater mit vierzehn, wenige Tage später war der Krieg vorbei. Es war dunkel, wie jetzt, und er und sein bester Freund rannten über die Wiese, auf der sie tagsüber den Schulgleiter, die SG38, an einem Gummiseil starten ließen, man nannte sie Gummihunde, sie liefen stets in zwei Mannschaften und strafften das Seil, bis der Fluglehrer »Los!« rief. Sie ließen das Seil fallen, und das Segelflugzeug hob vom Boden ab und schoss zehn Meter in den Himmel. Die Segler hielten sich kaum länger als dreißig Sekunden in der Luft. Am längsten von allen Kindern flog mein Vater, denn er war klein und so leicht, dass er, als er auf die Waage musste, sich heimlich Steine in die Hosensäume genäht hatte. Und er wog längst noch weniger, als sie nachts über die Wiese rannten und dann durch die Wälder, in der Hosentasche jeder ein Stück Brot, das ihnen der Koch zugesteckt hatte. Manchmal blieben sie stehen und hielten ein brennendes Streichholz an den Kompass. Und sie dachten an die, die im Ausbildungslager geblieben waren und ihrem ersten militärischen Einsatz entgegensahen; mit Sprengladungen, einem Fallschirm und einer Chance von eins zu tausend, rechtzeitig herauszukommen, was sie so präzise nicht wussten, aber wohl ahnten. Und sie liefen und spürten die Nacht heller werden und erreichten eine leere Straße, auf der nur weißer Nebel lag. Er hüllte sie ein, aber jetzt gingen sie normal

und verzehrten hungrig das Brot. Dann zerflockte ein Lastwagen den Nebel, und sie zwangen sich, ganz ruhig weiterzugehen, auch als der Lastwagen langsamer wurde und neben ihnen hielt und von der Ladefläche Soldaten der Waffen-SS zu ihnen herabsahen. »Was macht ihr hier?«
»Nach Hause gehen«, sagten sie ängstlich. »Wir gehen nach Hause.«
»Wo ist das?«
Sie nannten den Ort.
»Stellt euch aufs Trittbrett und haltet euch gut fest.«
Das war alles. Mehr wollten die Soldaten gar nicht wissen. Drei, vier Stunden lang hielten die beiden Freunde sich an den Rückspiegeln fest, und als sie abstiegen, konnten sie ihre Hände nicht mehr öffnen.
Wenn mein Vater davon erzählte, schien es ein anderer Zweiter Weltkrieg als der, den ich aus Büchern oder Fernsehdokumentationen kannte. Es war ein Kindheitserlebnis, wie auch ich eins hätte erzählen können, es fügte sich reibungslos in die übrigen Berichte aus seinem Leben ein.
»Hattest du keine Angst?«
»Doch, als sie uns vom Lastwagen ließen und wir durch die Trümmer unserer Stadt gingen.«
»Vorher nicht?«
»Nein. Wir waren Kinder. Es war ein Abenteuer.«
Es war seltsam, das aus dem Mund meines Vaters zu hören, denn längst hasste er Abenteuer.
Ich höre die Bäume im Wind rauschen. Meine Finger sind steif vor Kälte. Ich trage Turnschuhe, und die Socken darin sind von meinem Vater. Sie sind zu groß.

Der Stoff knüllt sich an Ferse und Zehenspitzen, und die Schuhe drücken. Das macht nichts. Es ist richtig.
»Kannst du mich hören?« Meine Stimme hängt in der Luft. Bei den Tibetern hält sich die Seele noch einige Wochen bei ihren Angehörigen auf; ich habe vergessen, wie lange. Dann muss sie gehen.
Dieser Freund hat meinen Vater als Letzter gehört. Das erzählte er mir auf der Beerdigung. Er saß im Tower, einem Glasturm neben der Landebahn. Zwanzig Minuten Flugzeit lagen zwischen dem Tower und meinem Vater, und der Freund konnte, als mein Vater fragte, ihn orten, konnte ihm sagen, wo er war. Aber er bekam keine Antwort mehr.
Ich strecke die Beine aus und beuge mich vor, gehe in die Dehnung, bis der Schmerz vom Rücken in den Kopf springt. Meine Beine zittern vor Kälte, die Jeans ist klamm. Ich stehe auf und schwanke, suche mit dem Blick Halt an den Lichtern, die sich an den Sandwegen abseits der Wiese aufsäumen, ich weiß nicht, wie lange ich hier gelegen habe, aber da sind keine Hunde mehr und keine Jogger. Ich nehme das Fahrrad und fahre los.
Ich fahre zur Venloer Straße, biege stadteinwärts auf den Ring und an einer Baustelle vom Radweg in den rotglühenden Dunst der Autoabgase. Ich überhole die anderen Fahrradfahrer, dränge an die Spitze, und an der Ampel nutze ich das Grün der Fußgänger. Ich fahre auf dem Radweg in entgegengesetzter Richtung weiter. Ich habe es eilig. Ich muss schnell sein. Der Fahrtwind rauscht. Die Straßencafés sind gefüllt, die Bestuhlung reicht bis knapp vor den Radweg, und ich klingele alle weg, ich bremse nicht ab, nicht für die entgegenkom-

menden Radfahrer, nicht für die Partygäste aus den Clubs und nicht für die Fußgänger, die trottelig von der Straße herüberkommen und nicht merken, wo sie sind, weder links noch rechts schauen, und ich ziehe einen Schweif aus Wind über Hinterköpfe und nackte Ellbogen, die in meine Zone ragen. Ich klingele, und ich klingele auch noch, als niemand mehr dort steht, ein irres Dauerklingeln im Dröhnen der Stadt, und einmal zerspringt ein Glas, und es folgt ein Lachen. Die Häuser leuchten von innen, und aus allem steigt Licht mit weichen Höfen in die Dunkelheit auf, verschwimmt, wird klein, bis zur nächsten Lichtinsel. Der Himmel ein mattviolettes Leuchten. »Du kannst das alles nicht mehr sehen«, sage ich. Aber das ist Unsinn, er hat es sowieso nie gesehen, sie sind immer vor der Dunkelheit aus Köln abgereist, und das Einzige, was mein Vater wirklich gerne gesehen hätte, war Afrika. Zu seinem letzten Geburtstag hatte ich ihm einen Afrika-Bildband geschenkt und später ganz vergessen, ihn zu fragen, ob er ihm gefallen hat, und nun kann ich es nicht mehr.

Und dann stehe ich plötzlich vor dem dunklen Mietshaus, in dem ich wohne, und fast geht es zu schnell. Ich will noch nicht nach Hause, aber ich weiß nicht, wo ich sonst hinkönnte.

Im Flur blinkt der Anrufbeantworter mit zwei neuen Nachrichten.

Hey Ari, hier ist Beatrice, wie geht's? Bist du im Land? Ich bin gerade in Köln, ich wollt eigentlich gar nicht hier sein, und jetzt ist mir der Van verreckt, und der ist nun in der Werkstatt, mindestens zwei, drei Tage. Hast du Lust auf Besuch, ich wär dir

echt dankbar. Tut mir leid wegen neulich. Da können wir ja auch noch mal drüber reden, das hatte einen Grund ...
Es tutet, und dann kommt die zweite Nachricht, und die ist auch von ihr. Sie nennt mir ihre Handynummer. Ich lösche beide Nachrichten und höre zweimal das *Hier* meines Vaters.
Ich dusche lange und reibe mich anschließend mit der Körperlotion ein, die mir Leander aus Mexico City mitgebracht hat. Ich ziehe den Schlafanzug an, der von Arndt ist, tannengrün und mit einer offenen Naht am Ärmel, und weil ich friere, noch einen Wollpullover meines Vaters. Ich besitze zwei davon. Ich hatte meiner Mutter zugenickt, als wir einige Tage nach der Beerdigung vor dem Ehebett standen, auf dem sie seine Socken, Hemden, Hosen und Pullover ausgebreitet hatte. Sie zeigte auf den weinroten und den champignonbraunen. Beide frisch gewaschen. Beide oft an ihm gesehen. Zu Hause zog ich den weinroten über, es musste schnell gehen, das wusste ich, aber im nächsten Moment zog ich ihn wieder aus. Einige Tage später versuchte ich es erneut, und ich ging damit ins Bett und zog die Decke über mich. So sah ich ihn nicht mehr und fühlte ihn nur.
Ich denke, als ich Arndt anrufe, nicht nach, ich habe vergessen, dass wir kein Paar mehr sind; er nicht. Sein »Ah, wie geht's«, die bemühte Unverbindlichkeit darin und auch der Anklang von Verwunderung, weil es ja schon nach zehn ist und ich das wissen soll, tun weh. Zum zweiten Mal an diesem Tag beginnt das Herzrasen, wie im Kino mit Leander, zum zweiten Mal das Gefühl, etwas steht auf der Kippe, entscheidet sich jetzt.

»Können wir uns sehen?«
»Was ist denn los?«, fragt er, und in der Stille zwischen uns höre ich die andere zwar nicht, aber kann sie plötzlich fühlen. Ich fühle sie in der ganzen Tongebung seines *Was ist denn los*, sehe aus den Rändern der Wörter ihre Gestalt aufsteigen.
»Arndt, ich möchte gerne mit dir reden.«
»Über was denn?«
»Vielleicht darüber, was los ist. Du hast dich seit dem letzten Telefonat nicht mehr gemeldet.«
»Du hast mir geschrieben, ich soll nicht zur Beerdigung kommen. Ich glaubte herauszuhören, dass du Abstand brauchst.«
»Ja, aber nicht so. Vielleicht hatte ich gehofft, du fragst nach. Ich bin einsam.«
Mein Herz schlägt nun bis zum Hals. Die Wut, die Verletzung, die ich so lange weggedrückt hatte, auf einmal ersaufe ich darin.
»Wir können uns nächsten Dienstag in meiner Mittagspause treffen.«
»In deiner Mittagspause? Verarschst du mich?«
Er schweigt.
»Und warum nicht jetzt?«, frage ich.
»Das geht nicht.«
»Ist sie da?«
»Nein. Aber ich will mich jetzt nicht treffen. Ich hab ja auch schon ihr abgesagt.«
»Und morgen?«
»Bin ich mit ihr verabredet. Übrigens, du hast noch nicht einmal gefragt, wie sie heißt und wer sie ist.«
»Wie heißt sie und wer ist sie?«

»Nein. Nicht so.«
»Als vor fünf Wochen mein Vater starb, hast du gesagt, du bist für mich da.«
»Natürlich, in Notfällen bin ich immer für dich da. Ist das ein Notfall?«
»Kommt drauf an, was ein Notfall ist. Muss ich dazu aus dem Fenster springen wollen? Nein, dann nicht.«
Ich höre ihn atmen, ich höre ihn nachdenken. Ich höre, wie lange nicht mehr, wie noch nie, plötzlich die Lücken zwischen uns. Die Anschlüsse fehlen, das Ineinanderübergehen von Gedanke in Gedanke ist nicht mehr. Da ist bei jedem nun eine Klippe, über die der Gedanke erst drüber muss, da sind Wächter, da sind Mitlauscher. Wir sind nicht mehr allein.
»Seltsam. Ich komme mir gerade wie ein Verbrecher vor. Immer falle ich hinter deine hohen Erwartungen zurück. Ich versage ständig. Ich bin aber nicht für dich verantwortlich, für dein Glück oder Unglück.«
»Ach, so einfach ist das plötzlich? Oder bist du nur für die verantwortlich, die du fickst?«
»Genau so ist es.«
Er legt auf.
Noch nie hat er einfach aufgelegt, das ist neu, und ich gehe ängstlich die Sätze durch, die ich zu ihm sagte, und dann, weil ich die in Ordnung finde, werde ich wütend, so wütend, dass ich erst nicht abhebe, als das Telefon klingelt, erst bei seinem zweiten Versuch.
»Ari, diese neue Beziehung, die gehört nun zu mir, zu meinem Leben. Und ich kann nur zu einer Person eine Beziehung haben.«
Er scheint etwas herzusagen, das er sich irgendwann

zurechtgelegt hat für mich, vielleicht gemeinsam mit ihr, für den Fall, dass ich schwierig werde und er erklären muss, warum er mich so im Stich lässt, warum er das, was zwischen uns ist, einfach in den Wind schießt. Sicher sind sie sehr zufrieden mit sich und ihrer durchschnittlichen Beziehungstheorie. Und in Notfällen, klar, darf Arndt dann Samariter sein, etwa wie er jedem, der sich von einem Dach stürzen will, die helfende Hand reichen würde und ein paar aufmunternde Worte.
Er hat sich in kurzer Zeit so verändert.
»Wer nur zu einer Person eine Beziehung haben kann, der kann wahrscheinlich zu niemandem eine haben«, sage ich leise.
»Ari, das ist Blödsinn. Wir sollten wirklich ein anderes Mal reden, nicht jetzt.«
»Nicht jetzt. Alle sagen mir heute, nicht heute, nicht jetzt. Aber weißt du was: Wenn nicht jetzt, wenn das nicht möglich ist, dann ist es auch ein anderes Mal nicht möglich.«
Und dann fällt mir ein, als wir schon aufgelegt haben, dass Beatrice mich sehen möchte, und ich versuche mir vorzustellen, wie das werden könnte, ob es vielleicht nicht sogar schön sein könnte, ich habe schon das Telefon in der Hand, aber die Nummer, die Nummer ist gelöscht.

Ich bin hellwach und schlucke heftig. Ich will nicht weinen. Ich laufe von Zimmer zu Zimmer, verheddere mich in dem Kram, der auf dem Boden liegt, kicke die Bündel mit dem Fuß weg, schiebe sie an die Ränder des Zimmers, baue schließlich Wälle aus Stoff, aus Kleidung, aus Büchern, aus Papier, die ich an den Regalen und Wänden hochsteigen lasse. Ich garniere den Wohnungsmüll über den Haufen, und allmählich entsteht eine Landschaft, eine kleine Stadt aus Kleidung, Büchern, Kugelschreibern, aus leeren Plastikflaschen und Kassenbons. Ich schaue ins Regal und direkt auf ein paar Bücher von Arndt. Ich habe noch immer seine Bücher. Ich reiße sie raus, lasse sie kopfüber hinunterflattern, kicke sie zu der kleinen Stadt am Boden; Adorno, Tschechow, Tolstoi, Literaturtheorie I–II, Die Krisis der europäischen Wissenschaften, Lateinische Grammatik, er hat mit mir Latein gelernt, als ich fürs Staatsexamen mein großes Latinum nachholen musste, er hat mich abgefragt, mir meine Übersetzungen korrigiert, im Bett mir die Wörter in die Haut gestreichelt, intersum, interes, interest. Inter-esse, dazwischen sein, zwischen was? Zwischen dir und mir. Zwischen Hier und Dort. Ein Nicht-Ort? Ein Dazwischen, eine Bewegung, eine Reise. Interesse ist Reisen, ist nicht Hier und nicht Dort. Es ist Dazwischen-Sein. Das sind wir. Aber nun ist Arndt dort und ich bin hier. Alles nur Gerede. Aliter loqueris, aliter vivis. Du sprichst anders, als du lebst. Alles nur dahergesagt für den Augenblick, und dieser weist jeden Anspruch späterer Augenblicke zurück. Wer wurde geliebt. Wer war gemeint. Als wir ein Wort überlegten für das Geräusch, das seine Hand auf meiner Haut machte, Schleifen, knisterndes Schleifen, Rascheln, Rauschen. Wir fanden keins, nur Annäherungen, aber wussten genau, was jedem Wort fehlt. Ich schlief ein in diesem Suchen, das nie ankommen wollte, das immer um seine Hand wusste, die mich ins

Entfernen trug und in die Nähe, im Wechsel wie der Atem, dort hätte ich bleiben können, aber dort musste ich eines Tages, in einer Lücke, die die Zeit gerissen hatte, hindurchrutschen und entwischen. Woanders hin, weiter. Progredior. Sein Trinken alle paar Wochen hat mich nie gestört. Das war nicht der Grund für die Trennung.

Die Zigarettenschachtel ist tatsächlich leer. Ich ziehe einen rosa Regenmantel über den Schlafanzug, suche Kleingeld zusammen und verlasse das Haus. Die Straße ist dunkel. Im Korfu Grill, in der Pizzeria und der Änderungsschneiderei brennt kein Licht mehr, aber er ist noch da, der junge Türke mit dem Zopf im Nacken, und dann sehe ich, dass er die Tür von innen abschließt, und im nächsten Moment geht das Licht im Kiosk aus. Ich laufe die letzten Meter und schlage mit der Faust gegen die Fensterscheibe. Es ist viel zu laut und dramatisch, und er sieht sich über die Schulter erschrocken zur Tür um. Dann erkennt er mich und lächelt. Das Licht geht wieder an, er schließt die Tür auf.

»Komm rein, für dich mach ich immer auf.«

Ich will auch hier nicht weinen. Es ist vielleicht der einzige Ort auf der Welt, an dem ich mich unkompliziert fühle, mir stets ein einfacher Ton gelingt, auf diesen fünf Quadratmetern aus Zeitschriften, Schokolade und Getränken, und vielleicht ist das der Grund, warum ich wieder mit dem Rauchen angefangen habe.

»Alles klar?«

»Alles bestens.«

»Warst du schon im Bett?«

Er zeigt lächelnd auf meine Schlafanzughose, wartet

aber keine Antwort ab, greift schon hinter sich nach den Winston. Das sind die Billigsten, die es bei ihm gibt, die raucht er selber und sogar hier im Laden. Ich öffne die Packung und biete ihm eine an, und als er zugreift, nehme auch ich mir eine. Das haben wir noch nie gemacht, gemeinsam rauchen, aber wir unterhalten uns manchmal. Als letzten Monat schräg gegenüber ein zweiter Kiosk aufmachte, hat er sofort sein Sortiment erweitert, stand auf einer Leiter, räumte Dosensuppen ins Regal und erklärte mir seine Strategie. Bei der Konkurrenz brennt noch Licht, aber da gehe ich natürlich nicht hin. Als ich die Zigarette ausdrücke, langt er in die Dose mit den Fruchtgummis und legt mir zwei in die Hand.

»Wenn du oben in der Wohnung noch Licht siehst, dann klopf ruhig, ich komm dann für dich runter. Ist kein Problem.«

»Danke, das ist nett.«

»Ja, und kein Grund zu weinen«, lacht er.

»Nein, das ist kein Grund«, lache ich.

8

Die beiden Unterhosen in der Dachrinne gegenüber; ich frage mich, ob die Witterung sie rau und steif gemacht hat oder weich und nachgiebig. Die Sonne scheint durch die Fenster und heizt das Zimmer auf. Die Dielen verströmen einen Geruch nach Harz und Staub. Es gibt Verschiebungen und Veränderungen, die der Körper registriert, das Auge nicht; andere Luftzusammensetzungen, wärmere Ströme, Dünste, die lange eingeschlossen waren im kalten Material und den alten Zeiten des Mietshauses, dessen Mauern aus Kriegstrümmerziegeln wiederaufgebaut worden sind. Die unverputzte Hinterhofseite entblößt unterschiedlich große Steine mit rissigen Oberflächen und zerbröselten Rändern; versehrte Individuen, jeder Ziegel aus seiner Verwandtschaft gebombt und in eine neue gefügt.
Ich kehre zurück an den Computer und versuche, über den Negationsbegriff bei Hegel, Adorno und im Zen-Buddhismus zu schreiben. Ich stöbere durch alte Mitschriften aus dem Seminar, lasse die Gedanken des Professors auf mich wirken, die einmal etwas bedeutet haben, ich strenge mich an, die Bedeutung zurückzuerobern. Ich wechsle in die populärwissenschaftliche Version der Doktorarbeit, die ich im Kloster begonnen habe. Das Buch soll auf leicht verständliche Weise die Vorteile der Ichlosigkeit sichtbar machen.
Leander hatte meine Reise für eine Flucht gehalten. Was immer ich dort erlebte, es könne nicht wirklich relevant sein für mein Leben hier. Ich würde mich einem

kulturell anders genormten Begriff des Ich beugen und nur innerhalb dieser neu aufgezogenen Koordinaten meine Erkenntnisse sammeln, die aber hier nicht anschlussfähig seien. Die Zeit der interkulturellen Philosophie sei außerdem vorbei, die Pflicht getan. Für die Karriere sei das eine Sackgasse, zumal mir niemand abkaufe, auch er nicht, mein wissenschaftliches Interesse zwinge mich, sechs Monate in ein Zen-Kloster zu verschwinden. Ich hörte heraus und freute mich, dass Leander mein Weggehen bedauerte und unsere sporadischen gemeinsamen Nächte ihm etwas bedeuteten.

Mein Weggehen war die Reaktion auf einen Ehrgeiz, der angefangen hatte, mich zu demütigen. Ich war in Selbstzweifel geraten. Wirkung schien wichtiger als die Sache, der sie sich verdankte. Inhalte richteten sich nach dem, was sie an Publikations-, Förderungs- und Vortragsmöglichkeiten in Aussicht stellten. Leidenschaft schien korrumpierbar.

Ich wollte etwas tun, das nichts versprach. Der Zen-Buddhismus wirbt damit, dass nichts dabei herausspringt, höchstens das Ende dieses Verrechnungszwangs. Man durfte das aber nicht zu stark wollen, sonst saß man in der Falle des Wünschens fest. Der Ausbruch gelang mir kein einziges Mal, aber Pater Joseph sagte, es sei alles das Gleiche, auch Nichterleuchtung sei Erleuchtung.

Ich betrachte den Absatz, den ich zuletzt geschrieben habe. Ich markiere den Absatz und gehe auf Löschen. Wie viel man wissen muss, um etwas löschen zu können. Im Regal neben dem Schreibtisch liegt ein Stapel ungeöffneter Post aus sechs Monaten. Da sie nach nichts

Wichtigem aussieht, Zusatzversicherungsanschreiben und Werbung, habe ich mich seit meiner Rückkehr nicht darum gekümmert. Nachrichten an eine Person, die noch einen Vater hat. Ich stehe auf und werfe sie in den Müll.

Es ist dreizehn Uhr. Ich ziehe die Vorhänge zu, lege mich unter die Daunendecke, fühle die Muskeln meines Körpers nachgeben, dann meine Konturen angenehm verlorengehen in der beginnenden Wärme, der Umhüllung; durch die weißen Vorhänge fließt ein alles abmilderndes Licht, eine angenehme Zurückstutzung der Dinge tritt ein, ich spüre, wie schließlich auch die Muskeln der Gedanken sich entspannen und ich, in diesem schwebenden Bett, mich nicht mehr fühlen muss.

Ich werde vom Türläuten wach. Ich will aufstehen, aber meine Wange ist mit dem Kissen verschmolzen, ich kann den Kopf nicht heben. Ich schreie um Hilfe, muss noch mehr leisten, um mein bleiernes Gesicht heben zu können, muss weit über mich hinaus. Ich schreie, ich brülle, dann wache ich auf.

Mein Herz hämmert, und ich schaue sofort zur Uhr, als könnte die das stoppen. Es ist kurz nach drei. Es klingelt tatsächlich, nicht nur im Traum. Vielleicht ist das Leander, der mich sehen will, endlich über alles reden? Ich renne zum Fenster, reiße es auf, schaue zur Straße. Aber wer sich da halb im Eingang verbirgt, das ist nicht Leander.

Hastig ziehe ich das Fenster zu. Durchs Rollo schaue ich vorsichtig nach unten. Beatrice steht inzwischen auf der Straßenseite gegenüber, und ihr Blick schlittert

die Hauswand rauf und runter. Sie weiß nicht, in welcher Etage ich wohne. Ihr grünes Trägershirt hat sich hochgeschoben, zeigt einen seltsam knöchernen Bauch, und über ihre gebräunten Schultern hängen schwere Taschen. Die blonden Dreadlocks aufgewickelt zu einem Turm.
Und doch. Ich werde ruhig, als ich sie sehe.
Da hat jemand noch weniger als ich.
Ich setze mich an den Schreibtisch und öffne ein neues Textdokument. Es gibt Parks mit weiten Wiesen. Es gibt Geschäftseingänge, die vor dem Wind schützen. Es ist warm.

Am Abend leuchtet im Briefkasten ein Zettel, ich fische ihn von der Straßenseite durch den engen Schlitz heraus, wobei ich mir die Fingerrücken blutig schürfe.
Die Schrift ist mir vertraut, sie wurde mir oft unter der Schulbank zugeschoben, eine nach rechts geneigte, sich unkompliziert gebende Schrift, die statt i-Punkte Kreise malt. *Wenn die Geschichten aufhören, sind wir dran, sind wir an der Reihe. Melde dich. Beatrice.*
Ich lese die Nachricht dreimal, dann lasse ich den Zettel in die Altpapiertonne segeln und gehe los. Ich habe kein Ziel. Erst in der Einkaufsstraße macht mir das zu schaffen, und ich bleibe stehen. Die Fußgänger laufen an mir vorbei und ich senke den Kopf, schlinge die Arme um mich und halte mich an mir fest; ich stehe dort wie diese Leute, nach denen man sich vorsichtig umdreht, die Dinge wie *Jesus erlöst uns* rufen. Die Dämmerung legt ein blaugraues Tuch über alles. Die Farben der Straße verlöschen.

Jemand sagt: »Entschuldigung«, er hat mich angerempelt, und der Stoß scheint mich zu befreien, ich kann endlich weitergehen. Vor dem Supermarkt sitzt ein Mädchen mit grünem Haar und einer zerrissenen schwarzen Netzstrumpfhose. Eine weiße Ratte steigt Männchen machend aus ihrem Schoß empor und knabbert an ihren gepiercten Lippen. Ich starre das Mädchen an, und sie hebt den Kopf und lächelt mir zu, und ich spüre plötzlich, ich werde zu ihr, wenn ich nicht achtgebe. Es zieht mich zu Boden.

Ich überquere den Hansaring und erreiche den großen Platz mit den hohen Gebäuden ringsum, Stahl- und Glasfassaden, Kinosäle, Fitnessstudios, Büros. Es ist der Weg, der zu Leander führt. Ich will zu ihm. Ich werde ihm sagen, dass ich nicht mehr weiterweiß. Ich möchte ihm das sofort mitteilen, ziehe das Handy hervor, ich wähle seine Nummer. »Ja«, fragt er, »Ariane?«

»Ja, ich bin's. Ich bin auf dem Weg zu dir. Darf ich?«

»Ich bin gar nicht zu Hause.«

»Ich glaube, ich drehe gerade durch«, sage ich, aber merke selbst, ich klinge dafür viel zu ruhig.

»Wo bist du?«

»Ich bin im Mediapark, zwischen den Glas- und Edelstahltürmen, ich glaube, ich drehe durch und muss auf so ein Gebäude hoch und runterspringen.«

Er schweigt einen kurzen Augenblick, bevor er Luft holt.

»Scheiße, mach das nicht mit mir.«

»Mit dir? Ich rede von mir!«

»Du manipulierst mich oder versuchst es.«

»Ich kann nicht mehr«, brülle ich, »darf ich das nie-

mandem mitteilen bitte? Muss ich das für mich behalten?«
»Du kannst noch eine ganze Menge«, sagt er nun in diesem Durchblicker-Ton, der mich immer so anmacht, nur diesmal nicht, »und ich glaub, dir ist zurzeit einfach nicht klar, was du willst.«
Ich will dich, das ist es, was ich will, und die Worte kleben mir am Gaumen und irrlichtern durch den Kopf, durch den Mund, spuck's aus, sag ihm, sag er soll sich trennen, so einfallslos darf das Leben doch nicht sein, dass wie verabredet alle sich auf einmal von mir abkehren, ich keinem gut genug bin, nur einer Pennerin, Vogelscheuche, einer, die nichts hat, kapituliert hat, nichts will und nichts verlieren und daher auch nichts bedeuten kann.
»Bitte, ich möchte dich sehen«, sage ich.
»Aber ich bin überhaupt nicht in der Stadt, ich bin unterwegs.«
»Wann kommst du wieder?«
»Das weiß ich nicht genau.«
»Wo bist du denn?«
»Ariane, das regt mich auf, dieses Aushorchen und dein naiver Ton dabei.«
»Was?«, rufe ich entsetzt und dann, »das tut mir leid, wirklich, entschuldige, nein, Leander, ich, es ist doch nur so, dass ich, bitte versteh. Mir fiel niemand ein, ich war zu lange weg, ich bin hier in der Stadt, und ich könnte sicher auch zur Uni und dort Leute wiedersehen.«
»Dann mach das doch«, sagt er, »setz dich in eine Vorlesung, triff deinen Prof, sprich über deine Diss.

Geh unter Leute, beschäftige dich mit was, mit irgendwas.«
»Ja«, sage ich, »ja, das mach ich«, und, »meldest du dich, wenn du von wo auch immer zurückkommst?«
»Ja«, sagt er, »vielleicht sollten wir mal in Ruhe reden«, und am plötzlichen Schmerz im Magen merke ich, das heißt nichts Gutes. »Ich gehe morgen zur Uni«, lüge ich, demonstriere ihm meine Vernunft, und wir verabschieden uns, verlegen beide, überfordert beide, immerhin, auch er weiß nicht mehr, welchen Ton anschlagen. Und dann fällt mir das vom Wind geriffelte Wasser auf, wie es unter der Stahlgeländerbrücke dahintreibt, und dahinter die Seerosenteppiche, die Schilflandschaft, der Rest einer römischen Bogenbrücke, wie schön das ist. Und über mir das Turmhochhaus. Offenbar bin ich, wenn ich es andeuten kann, doch letztlich fern davon. Ein Gedanke, mehr nicht. Du wirst es nicht tun. Du wirst es nicht tun, so wie dein Vater nur davon sprach. Er hat es nicht getan. Er hat nur davon gesprochen.
Der schmale Sandweg führt zu einem leeren Freizeitgelände. Die Luft flimmert grau, und Wärme steigt aus dem betonierten Boden auf. Die roten Stricke des großen Kletternetzes zerlegen die Dämmerung in kleine Waben. Eine silberne Rutschbahn wellt sich den Hang herab, hebt sich aus der Dunkelheit heraus, in ihr eigenes Licht hinein. Ich könnte mich darunterlegen und schlafen. Ich möchte träumen im Rattern eines Zuges, der hinter dem Wall aus der Stadt fährt. Die Luft streicht über meine nackten Arme, scheint mich in die Dämmerung und ins Dunkel ziehen zu wollen. Die zertretenen Blätter und der eine gelbliche Knick dort und wie jeder

Moment wartet und lauscht, sich nicht hingibt an den nächsten, wie früher einmal. Zwei auf einem Tandem überholen mich, ein Hund mit rosa Zunge neben ihnen einherjagend. Die Stimmen und der Luftzug scheinen etwas aus mir herauszuwehen, mir zu stehlen, und die Wut, als ich den Hang oben erreicht habe, richtet sich plötzlich auf die Schrebergartenhäuschen, die Künstlerkolonien mit den handgemalten Ziffern an den Türen. In den Vorgärten verrostete Blechskulpturen, zersägte Steine, Collagen aus beziehungslosen Materialien, vor meinem Auge auseinanderdriftend in Einzelheiten und ihre seelischen Hintergründe: guter Wille, Versponnenheit, vielleicht Trotz. Ich spüre diese Gärten plötzlich wie etwas in mir selbst, eine Möglichkeit zu einer Verunglückung, durch Unachtsamkeit dem Eigenen gegenüber. Ein Missverständnis vielleicht nur. Fortan Basteln im Dämmerlicht, in gesellschaftlich abgeschalteten Räumen. Schrott im Vorgarten. Ich sehe plötzlich Beatrice vor mir, das aufgetürmte Haar, Hohepriesterin aller Außenseiter.

Am Ende der Künstlerkolonie geht es steil bergab. Regengüsse haben den unbefestigten Schotterweg aufgebrochen, ich rutsche aus, halte mich am Eisengeländer fest. Der Abhang mündet in einen Park, Grillrauch steht unter alten Bäumen, ein paar leere Kinderwagen, eine Tischdecke, eine türkische Familie, eine alte Frau knabbert an einem Stück Brot, auf dem ein Schein des letzten Tageslichts leuchtet. Ich durchquere eilig den Park, es zieht mich zu den Schaufenstern und den Laternen, ich sehe auf italienische Schuhe, Gourmetbiolebensmittel, Rümpfe mit taillierten Abendkleidern ohne

Preisschilder. Und dann stehe ich mitten auf dem Kinderspielplatz mit den Jugendstilvillen drum herum, ein Platz, auf den ich vom vierten Stock aus oft herabsah, rauchend meist, und Leander hinter mir im Bett mit einer Zeitung raschelnd oder Oolong-Tee trinkend. Über den Dächern ist der Himmel nun schwarz. Ich zähle die Etagen, dann die Fenster ab. Dort oben im Schlafzimmerfenster, über das sich die Zweige einer Linde schieben, ich kenne das Geräusch, leuchtet ein Licht. Warum lügt er mich an?
Ich setze mich auf eine Schaukel und schwinge auf das Fenster zu. Vor und zurück, vor und zurück. Der Moment der Schwerelosigkeit am höchsten Punkt: nicht mehr Ankunft, noch nicht Aufbruch. Ich schreibe ihm: »Du bist ja doch zu Hause. Bei dir brennt Licht!«
Das Licht im Fenster dimmt ein bisschen herab. Hat er meine Nachricht erhalten?
Ich strecke meine Fußspitzen nach dem Fenster aus, ich lehne mich zurück, und auf dem höchsten Punkt springe ich ab. Der Sand ist kühl, ich streiche mit der flachen Hand darüber, male zwei Schmetterlingsflügel in die Dunkelheit. Ich zünde eine Zigarette an. Rauchend betrachte ich das Fenster und fühle mich gut als Klischee. Die Geliebte, die darauf wartet, dass der Mann aus dem Fenster schaut, weil er sie *spürt*. Womöglich die andere Frau hinter ihm im Bett, wohlig alle viere von sich gestreckt in jenem Vertrauen, das in Besitz zu nehmen versteht. Kerzenlicht auf ihrer Haut. Gefällt Leander meine Anwesenheit hier unten, mein Blick auf ihn und sie?
Das Haargummi, blau, das am Garderobenhaken hing

und nicht meins war. Aber er fragte: »Ist das von dir, die Putzfrau fand es hinterm Bett.« Er hielt es mir hin wie einen Brillantohrring, den ich verloren haben könnte. »Das ist nicht meins«, sagte ich und sah die kleine Erregung auf seiner Oberlippe, wenn sie ganz leicht sich aufwölbt zum erbsengroßen Spalt, zu einem Lächeln, das mir unheimlich ist und eintritt, wenn er mich zu seiner Phantasie macht.

Ich drücke die Klingel, lasse los, fühle den Knopf zurückspringen, warte, betrachte seinen Namen. Nach einer Weile geht die Haustür auf und ein Mädchen schlüpft an mir vorbei, ich fange die zuschnappende Tür mit dem Fuß und gehe hinein und die Treppe nach oben, wie jetzt mehrmals schon seit seinem Tod, immer diese Treppe hoch, auf der nach zwei Etagen das Licht ausgeht. Ich drücke den Schalter und gehe weiter, und als ich oben ankomme, geht pünktlich das Licht erneut aus. Ich bleibe dort vor der Tür stehen, im Dunkeln. Natürlich, sie ist zu. Ich lege mein Ohr an die Tür, und ein Summen steigt hinein, das aus dem gesamten Haus kommen könnte.

»Mach auf«, rufe ich. Dann: »Mach bitte auf.« Wenn sie bei ihm ist, dann ist das hier ihr Ende als Paar. Dann wird sie sich jetzt zu ihm umdrehen und fragen, warum machst du nicht auf, wer ist das? »Leander? Ich bin's, Ariane.« *Wer ist Ariane? Ich bin's, Ariane. Es gibt mich. Ja, mich gibt es auch.* Doch ich klopfe nur leise an die Tür, immer leiser; die Angst, ihn zu verlieren, ist plötzlich zu stark.

Ich habe mich sehr klein gemacht immer. Ich weiß nicht, wer oder was mich so klein werden ließ und wes-

halb ich da stets nur rauskomme durch Aufsässigkeit, durch Wut, und weshalb ich ausgerechnet dann, wenn ich außer mir bin vor Wut, bei mir bin.
Die Tür geht auf.
»Was willst du?«, fragt er.
»Warum lügst du mich an?«
»Weil es anders nicht geht. Du rückst ja sogar an, wenn ich eigentlich nicht hier bin. Du respektierst absolut nicht, was ich sage und will.«
Er versucht, die Tür zu schließen, aber ich drücke dagegen, sanft nur, und dieser kleine Widerstand stimmt ihn um; er greift nach meinem Handgelenk, er flüstert: »Ich bin nicht das Arschloch, das du in mir sehen willst, damit du es dir in deiner Opferrolle bequem machen kannst, ich bin auch nicht dein missing link auf deiner psychischen Landkarte, und jetzt geh.«
»Nein«, sage ich, »du sagst mir, wenn du das alles nicht bist, du sagst mir jetzt, wer du bist für mich.«
»Das weiß ich nicht, Ariane. Das weiß ich wirklich nicht. Es hängt von dir ab. Was du nun mit dir machst.«
Seine Hand noch immer um mein Handgelenk, zieht er mich plötzlich zu sich, in eine Schlafzimmerwärme, er trägt Jogginghose und T-Shirt, und er spricht mir ins Haar: »Ich wünschte wirklich, ich könnte dir helfen, aber du musst genau das selber können, dir helfen, genau hier liegt dein Problem. Übernimm Verantwortung für dich.«
Er zieht kurz an meinem Zopf, kindlich, spielerisch, aber es tut ungeheuer weh. Wie alles. Schon wieder redet mir einer von Verantwortung. Wahrscheinlich bedeutet der Satz von der Verantwortung: Verpiss dich.

Und dann macht er auch noch weiter, während mir vor Verkrampfung Kälte ins Genick steigt und ich auf das neue Konferenzplakat aus Mexico City starre, *The Mind-Body Problem.*
»Du bist nicht so hilflos, wie du denkst. Du kannst frei wählen, alles. Aber du hast Angst. Die Angst war vielleicht einmal wichtig, die Angst hat auf dich aufgepasst. Aber jetzt kannst du ohne sie. Und jetzt kannst du auch bitte gehen, ja. Ich will das alles gar nicht, ich will nicht dein Lebensberater sein, du weißt das alles selbst. Ich will nicht derjenige sein, der deine Gedanken für dich ausspricht. Geh jetzt, ja?«

9

Ich weiß nicht, was es ist, aber es riecht merkwürdig, als ich aufwache. Es ist noch dunkel. Daher erkenne ich nur langsam, dass um mich herum keine Wände sind, sondern leerer, winddurchfurchter Raum, der weiter weg an einen dunklen hohen Wall stößt, Häuser. Ich kann mich an nichts erinnern, und das macht mich ärgerlich, auch ängstlich. Ich setze mich auf, meine Knie schmerzen. Meine Hose ist nass, und das ist es, was so riecht, ich habe mich eingepinkelt. Ich habe keine Decke um mich gehüllt, gar nichts, und darum glaube ich nicht, dass ich einem Vorsatz gefolgt bin. Ich versuche, möglichst leise zu sein, falls jemand in der Nähe ist. Über mir blinkt das Mondlicht auf einer polierten Eisenstange, links und rechts davon zwei Schaukelbretter. Sand, kalter Sand um mich herum. Noch ist die Sonne nicht aufgegangen. Noch immer leuchtet schwaches Licht im Schlafzimmer bei Leander, und dann fällt mir ein, seine Söhne schlafen nur bei Licht. Seine Söhne aus erster Ehe, am Wochenende manchmal bei ihm. Jetzt fällt mir alles wieder ein. Ich vergesse diese Söhne manchmal, dabei habe ich mit ihnen Skat gespielt.

Das Licht in seinem Fenster, als ich noch einmal dorthin blicke, ist nun das Licht, das er für seine Kinder anmacht, nicht für eine Frau.

Noch immer versuche ich mich zu erinnern, was geschehen ist, aber was sich meldet, glitscht sofort weg wie eine ölige Hand. Vielleicht wollte ich, in diesem Bett aus Sand, Leander nah sein, nicht ganz so weit entfernt wie ich es daheim wäre. Ich lege mich unter ihn, unter sein Fenster. Ich schaue noch immer hinüber in das warme Licht des Fensters, hinter dem die Kinder liegen und er. Über den halbvollen Mond streichen Wolken hinweg. Stille. Drei Uhr nachts. Die Stadt ist still um drei Uhr nachts.

Ich gehe über den Sandplatz und dann zur Straße hoch. Ein Auto fährt vorbei. Die Hand ausstrecken, den Daumen hoch, halte an, nimm mich mit. Ich lache. Ich wusste nicht, wozu ich fähig bin, dass ich mich so was traue. Das Auto hält tatsächlich an und legt den Rückwärtsgang ein. Die Fahrerin lässt die Scheibe runter:

»Kann ich Ihnen helfen? Ist was passiert?«

»Es geht mir nicht gut«, sage ich, »ja, ich brauche Hilfe, ich kann das nicht alles erzählen, das würde zu weit führen, aber falls Sie den Ring hochfahren, dann würde ich gerne mit, ich wohne dort Höhe Hansaring in einer Seitenstraße.«

Ich kann in einigermaßen klaren Sätzen sprechen, und das beruhigt auch mich. Sie schaut mich aus suchenden Augen an, blondes kinnlanges Haar, über eine Rundbürste geföhnt, bieder, erwachsen, Sekretärin oder so.

»Sie sehen durchgefroren aus.«

»Ja«, sage ich, »das bin ich auch, ich bin durchgefroren.«

»Eigentlich mache ich das nie, Anhalter mitnehmen, aber es scheint, wir sind die Einzigen, die um diese Uhrzeit noch unterwegs sind, ich«, sie zögert, lächelt, hat Angst vor mir.

»Eigentlich mache ich das auch nie, Anhalter fahren.«

»Ich weiß«, sagt sie, »steigen Sie ein, ich fahr Sie nach Hause.«
»Nach Hause, ja«, sage ich, »das wäre am besten.«
Sie schaut zu mir hin, als ich neben ihr sitze, sie lächelt schwach, ich versuche, mich klein zu machen, nur ein Bündel zu sein, das sie gleich irgendwo absetzt. Wir reden nicht, und ich bin ihr dankbar dafür.
»Hier, in die Straße bitte, dann am Ende rechts.« Sie wird plötzlich langsamer und fragt:
»Entschuldigen Sie. Ich sehe, es geht Ihnen nicht gut. Wollen Sie mir nicht erzählen, was passiert ist? Vielleicht müssen Sie zur Polizei oder zu einem Arzt?«
»Nein, ich bin nicht überfallen worden.«
Sie nickt und folgt dem Hinweis meiner Hand. »Dort rechts um die Ecke und dann noch die Biegung an der Kirche vorbei.«
»Wenn Sie irgendwie Hilfe brauchen bei irgendwas«, sagt sie und reicht mir ihre Karte. Ich schaue nicht drauf. Ich klappere mit den Zähnen, als ich die Tür aufschließe, ich drehe mich um, warte, dass sie losfährt, aber sie wartet, dass ich hineingehe.

Kein Anruf, keine Nachricht. Ich ziehe mich aus, ich dusche lange, ich betrachte meinen nackten Körper im Spiegel. Nur helle Flächen, Ausstülpungen, darüber ein Gesicht, das ausdruckslos ist, nichts kommentieren möchte. Ein Pickel mit leuchtend gelber Haube pocht über der Lippe.
Da hängt noch sein Bademantel im Schrank, auf den habe ich gezeigt, als meine Mutter auf dem Ehebett seine Kleidung ausbreitete. Ich hatte ihn bislang nicht

angezogen, mir diesen Moment aufgespart für einen Augenblick, in dem ich seine Nähe brauchen würde mehr als sonst.
Der glatte Stoff mit dem blaugrünen Muster fühlt sich kalt an auf der frisch geduschten Haut. Dieser Mantel ist alt und vertraut. Einst trug er mich, als die Arme meines Vaters mich trugen, als sich die ovalen Ringe vor meinen Augen öffneten und ich hindurchschwamm, während die Hand im Rücken behutsam den Takt klopfte zu einem Singsang, den er für mich daherimprovisierte, Tam Tam Tatam. Ich spüre den Herzschlag unter seiner Brust und wie klein ich bin als Kind, ein kleines Bündel, das in den Schlaf gesungen wird, das durch abgedunkelte Räume, von Zimmer zu Zimmer getragen wird.
Ich lege mich ins Bett, und bald steigt Schilfgras um mich auf, schneidendes Gras, olivgrün, vom Wind geschaukelt. Die Luft ist schwer und feucht, sie trägt mich aus, und doch ist sie selber voller Tod, verwandelt sich plötzlich in die Luft eines Slumgebietes, Kadaver- und Fäulnisgeruch, Schimmel, stechender Urin, wie ich das von meinen Indienreisen kenne, der Ort, an dem ich war, kurz bevor ich meinen Vater verlor. »Hier ist mein Zuhause«, sage ich im Traum. »Wo«, fragt mein Vater, »wo ist dieses Hier?« Taghell wird es über dieser Frage plötzlich. Im Zimmer steht Licht, wie Wasser füllt es den Raum und drückt jeden Ton weg. Etwas scheint plötzlich angehalten; stille, eingedickte Momente, die ich nur unterscheiden kann an meinem Herzschlag darin, er klingt wie Papier, das zusammengedrückt wird.
Ich schalte mein Handy ein. Das Display zeigt elf Uhr vier und keinerlei Nachricht an.

Leanders Söhne. Sie standen mit schlanken Körpern vor dem Herd, sahen aus wie Wissenschaftler im Labor. Schütteten zwei Packungen Fischstäbchen in die noch nicht geschmolzene Butter, die Stäbchen purzelten übereinander. Aber erklärten mir kurz darauf die Skat-Regeln mit einem Ernst, als ginge es um Leben und Tod, so dass ich vor Nervosität die Regeln kaum behielt oder gar nicht erst verstand. »Was ist Zocken«, fragte ich leise nach, »das ist, wenn du ...«, und der Ältere hob an zu einem Referat, und ich zwinkerte Leander einmal kurz zu, als die beiden nicht so hinsahen, Leander lächelte gedehnt und geduldig, geduldig mit mir, nicht mit seinen Söhnen. »Stellt die Flamme doch vielleicht höher«, versuchte ich es vorsichtig, wollte mich nicht in Leanders Erziehung einmischen, konnte ich doch ansonsten nur zuhören und zusehen, wie mir Buben, Damen und Könige vor die Nase gehalten wurden, Punktzahlen genannt, Worte wie reizen, überreizen, geben. Leander saß stumm mir gegenüber, ein bisschen majestätisch, als würde ich initiiert in etwas, das weit mehr ist als Skat. Lässig schwang er sich schließlich vom Küchenstuhl zum Herd und drehte die Flamme höher.
Ich schreibe: »Lieber Leander, ich kann das nicht mehr. Lass uns aufhören. Alles Liebe, A.«
Die Antwort kommt nur vier Minuten später.
»O.K. Alles Liebe dir auch. L.«
Ich zünde mir eine Zigarette an. Ich rauche in die Stille hinein, ich rauche mir die Gedankenanfänge weg, bevor sie helllicht aufsteigen können, versenge sie an der Wurzel, räuchere sie ein. Warum schreibt er nicht zurück: Nein, bitte, was tust du, lass uns reden?

Ich stehe auf, mit schwerem Kopf und Hämmern unter der Schädeldecke, mit einem bitteren Geschmack im Mund, und tapse durch den kalten Rauch, bevor ich den Fenstergriff öffnen kann und ein Stoß kältere Luft hineinweht. Die Nacht war kalt und der Tag hat sich an ihr angesteckt. Ich weiß, was für ein Tag das ist, jener, der mir die letzten Neuigkeiten über meinen Vater mitteilen wird, ein letztes Update seines Todes, die letzten Nachrichten, die aber aus einer Vergangenheit kommen, die ohne Absender ist, der Absender ausgelöscht. Übermittelt von einem holländischen Polizeibeamten. Und dann kann das Ratespiel unter neuen Vorzeichen losgehen, nur diesmal wird es zu einem Ende kommen.

Ich steige über den Krempel hinweg, der mir in der Nacht noch so viel bedeutet hat, diese Stadt aus Wohnungsmüll, ich gehe in die Küche, setze das Espressokännchen auf und wähle Arndts Nummer. Ich wandere, während es tutet, mit dem Telefon ins Arbeitszimmer. Der Anrufbeantworter springt an. Ich lege auf. Dann rufe ich ihn wieder an, und wieder springt der Anrufbeantworter an, wieder seine Stimme. Ich rufe ihn noch einmal an und noch einmal, ich bin sicher, er ist zu Hause, und an dem Klingelzeichen erkennt er, dass ich es bin, nur ich habe diese Nummer und nur für mich ist dieses Klingelzeichen reserviert. Ich lasse die Lücke, in der ich sprechen könnte, jedes Mal ein bisschen länger werden, gerade so lange, dass das Gerät nicht abschaltet, sondern aufnimmt. Irgendwann wird das Maschinchen voll sein, voll mit meinem Schweigen. Vielleicht weckt das bei ihm die Vorstellung, dass ich auf einem

Dach stehe und herunterspringen will, und er lauscht meinem Schweigen und wartet, dass ich etwas sage. Jetzt, Arndt, jetzt ist der Notfall. Aber auch dann würde er nicht rangehen, weil, wer noch Nachrichten an die Welt hat, wohl noch nicht fertig mit ihr ist. Ein Schuss plötzlich. Ein lauter Knall. Der kam aus der Küche. Ich lege erschrocken auf.

In der Küche ist es dunkler als sonst, und nur langsam verstehe ich, was passiert ist, erkenne, dass das schwarze Zeug, das über Kühlschrank, Tapete und Herdplatte geklatscht ist, Kaffeemehl ist; fein gemeißelte Arabesken, Muster wie schwarze Spitzenunterwäsche, die auf dem hochgeklappten Herddeckel die Form einer großen Schwinge annehmen. Das Ventil des Espressokännchens ist defekt, wahrscheinlich verkalkt. Der Druck hat den Deckel samt Sieb weggesprengt. Ich sammele die Teile vom Boden und wische mit einem Geschirrhandtuch die Pfützen auf. Die Zeichnung auf der Tapete rühre ich nicht an; Kaffeesatz an der Wand, in Großformat, eine große Botschaft. Flügel, Schwingen, Schnörkel, Unterwäsche. Die Wirklichkeit war noch nie subtil. Ich lache. Ich lache laut und sauge den intensiven Kaffeegeruch ein, lache noch mehr, denn es riecht wie in den Kaffeefilialen mit den Rennrädern und Internetsticks, und dann gehe ich duschen, und dann ziehe ich mich an, und jedes Mal, wenn ich in die Küche komme, bleibe ich davor stehen, vor den schwarzen Ornamenten, den eleganten Schnörkeln, den Flügeln, bis um halb zwei die Türklingel geht.

10

Nachdem sie bei mir geklingelt hat, ist meine Schwester wieder in ihr rotes Auto eingestiegen. Es leuchtet in der engen Einbahnstraße wie eine Lampe. Sie steht bei laufendem Motor in zweiter Reihe, die Hände am Lenkrad, und sie lässt auch nicht los, als ich neben ihr sitze und sie mit Wangenküsschen begrüße. Sie trägt eine weiße Leinenbluse mit Lederflechtgürtel und um den Hals ein dünnes Goldkettchen. Ich trage die Jeans von letzter Nacht, aber sie ist fast trocken. Vielleicht, wie andere sich Goldkettchen umhängen, unterstreiche ich meine Persönlichkeit nun mit Pisse.

»Wie geht's?«

»Bestens«, sage ich und stelle die Frage nicht zurück.

»Du siehst blass aus, hockst wohl viel drinnen, oder?«

»Ja. Ich habe aufgehört, empirisch sein zu wollen, was ist empirisch, ich erkläre es dir ...«

»Hör doch auf mit dem Quatsch«, fällt sie mir ins Wort, »ich habe nur wissen wollen, wie es dir geht.«

»Gut geht es mir. Sehr gut.«

Sie fährt an, der Wind flappt herein und spielt mit ihrem hochgesteckten Haar. Ich schließe das Fenster, bevor sie mich darum bitten kann. Ein roter Punkt blinkt über das Straßennetz des Navis, das sind wir, und eine Frau sagt uns, was wir tun sollen.

»Ich habe noch nicht herausgefunden, wie man das abstellt.«

»Ist das Auto neu?«

»Merkst es aber früh.«

Seltsam. Unser Vater fliegt ein Flugzeug zu Schrott, und meine Schwester kauft sich ein neues Auto.
»Entschuldige, Ariane, du riechst. Nein, du stinkst. Du stinkst nach Urin. Kann das sein?«
»Das kann durchaus sein.«
»War das wieder deine Katze?«
»Nein, diesmal war ich das.«
»Und du hast einen dicken Eiterpickel auf der Lippe. Damit solltest du zum Arzt. So ein Eiterherd im Gesicht ist gefährlich, zu nah am Hirn. Auch wenn deins sowieso schon nicht mehr richtig zu funktionieren scheint. Auch dein Hemd ist schmutzig. Hast du dich auf einer Wiese gewälzt? Und hast du wirklich keine sauberen Sachen, die du anziehen könntest?«
»Du klingst wie Mama.«
Svenja schaut auf ihre Armbanduhr. »Wir könnten jetzt noch umkehren, ich bin ja extra etwas früher los. Hatte so was schon geahnt. Du bist immer für Überraschungen gut, das sagte auch Papa.«
Ich schweige. Sie setzt den Blinker, kehrt um, und vor meiner Haustür sagt sie: »Entweder du schließt nun auf oder gibst mir den Schlüssel, denn irgendwie müssen wir rein.« Ich lege ihn ihr in die Hand.
Sie schließt auf, geht vor mir das Treppenhaus hoch, »in welchem Stock wohnst du noch gleich«, sie war in all den Jahren nur zweimal hier, hat beim Umzug geholfen, und einmal, als Laura hier zu Besuch war, kam sie, um sie abzuholen. Ich kriege die Füße kaum hoch. Stufe für Stufe eine Strapaze, meine Glieder sind schwer wie letzte Nacht, als ich auf dem Sandboden erwachte, tief in die Erde gesunken bin, wie in ein Grab, mein

eigenes Grab auf einem Kinderspielplatz, und mir dieses einzelne erleuchtete Fenster in den dunklen Häuserzeilen wehtat. Und dann fällt mir wieder ein, während Svenja aufschließt, dass mich jemand nach Hause fuhr. Ich krame in den Hosentaschen, um mich zu vergewissern, dass das wirklich geschehen ist. Ja. Cornelia heißt sie. Cornelia Herzog steht auf der Karte. Eine Adresse in der Nordstadt, Telefonnummer und E-Mail, keine weiteren Angaben. Müsste mich bei der bedanken und könnte ihr was schicken, hätte ich Geld. Kann aber irgendwann vorbeigehen und eine selbstgebastelte Dankeskarte einwerfen.
»Scheiße.«
»Ja«, bestätige ich.
»Waren hier Einbrecher oder was? Warum liegt hier alles auf dem Boden rum, und was ist in der Küche passiert, diese Sauerei an den Wänden? Was ist das?«
»Kaffee.«
Mir gefällt, wie schockiert sie ist. Sie ist ehrlich schockiert und besorgt, und ihr Blick geht nicht mehr so routiniert fahrig über mich hinweg.
»Ariane, was ist los? Was ist los mit dir?«
»Ich weiß es nicht«, sage ich. »Das heißt, doch, warte mal, da war was. Wir haben einen Vater, der ist vor fünfeinhalb Wochen mit dem Flugzeug abgestürzt, und das macht mich zugegeben ziemlich fertig. Ich trauere, man nennt so etwas Trauern, das ist ein kulturen- und epochenübergreifendes Phänomen, das sich einstellt, wenn man einen nahen Angehörigen verliert, vor allem, heißt es, ein Elternteil. Das ist besonders schlimm, denn zu den Eltern steht man in einem ganz besonde-

ren Verhältnis. Nach sechs Monaten allerdings soll die erste Trauerphase abgeschlossen sein, und dann soll es etwas leichter werden, das steht im Internet, meinst du, darauf ist Verlass?«

Sie schaut mich nicht mehr an, sie geht das Zimmer ab, als liefe sie mich ab, die Katze springt vom ungemachten Bett und flüchtet ins Wohnzimmer unters Sofa, und ich würde es ihr gerne gleichtun. Ich habe plötzlich Angst. Ich sehe, wie Svenja mich gerade furchtbar hasst, aber auch erschrocken ist, und sie muss sich ganz schnell entscheiden, entscheiden, was sie mit mir tun soll, ob sie mich nicht besser hierlässt.

»Wir haben wenig Zeit. Wir, also ich, ich kann mich jetzt nicht mit dem befassen, was du hier angestellt hast.«

»Ich hab was angestellt? Ich? Ich, ich mach gar nichts, überhaupt nichts!«

»Ari«, unterbricht sie mich, »komm mal runter, beruhig dich. Verdammt!« Sie packt mich am Arm. Ein harter Griff, gleich unter der Schulter, als würde man jemanden abführen wollen. Das ist die, die sich einpinkelt und ihre Wohnung nicht in Ordnung halten kann. Verhaften Sie die bitte. Handschellen! Sonst büxt sie noch aus. Das macht auch Leander, dieser Sexspießer, manchmal. Findet er geil, kann er mit seiner Freundin nicht, diese mainstreamigen SM-Gepflogenheiten, die fängt dann an zu kichern statt zu kommen.

Ich spüre noch immer ihre Hand an meinem Arm, als sie die schon weggezogen hat. So stark war der Griff. Sie führt die Hand an ihr Gesicht. Weint sie? Sie geht ins Schlafzimmer, öffnet den Kleiderschrank, kommt

mit dem hellen Kleid zurück, das ich nicht anziehen wollte zum Kino, weil es mir zu fein war, zu schön und ich, seitdem unser Vater tot ist, mich nicht wohlfühle in Schönem und Feinem. Ich würde sie gerne, so wie sie umgekehrt sicher mich, schütteln und dann in den Arm nehmen, falls das Schütteln dazu führen könnte, irgendwas in ihr zu lockern und zu lösen. Mich hat jetzt schon lange niemand mehr in den Arm genommen; Leander, der mir letzte Nacht seine galanten Diagnosen ins Haar gesprochen hat, das zählt ja nicht wirklich.
»Hier, zieh doch das hier an.« Ich nicke und streife die Jeans ab, das schmutzige Hemd. Sie schaut mir zu wie eine Aufpasserin im Frauengefängnis. Aber als wir unten auf der Straße stehen und ins Auto steigen, scheint alles vergessen. Sie streicht mit einem spuckebefeuchteten Taschentuch die verlaufene Wimperntusche weg und verzieht dabei das Gesicht zu einer Scream-Grimasse.

Sie fährt nun hektischer als vorhin und seltsam rücksichtslos. Beim Abbiegen kommt sie so weit auf den Zebrastreifen, dass sich die Fußgänger zu uns umdrehen. Ich beginne, mir Sorgen um sie zu machen. Ihre Finger klopfen nervös aufs Lenkrad. Und dann, obwohl sie so hektisch fährt, werde ich müde und könnte sofort eindösen. »Lass uns bitte keinen Unfall bauen«, murmle ich noch, »das wäre jetzt zu blöd für Mama, wenn wir auch noch sterben. Lass uns ein bisschen Rücksicht auf sie nehmen.« Dann schlafe ich ein, und ich wache wieder auf, als wir auf der Autobahn sind. Ich schaue zu Svenja,

sie schaut kurz zurück: »Hast du wirklich geschlafen?«, fragt sie ungläubig.
»Ja, ich kann zurzeit überall und zu jeder Zeit schlafen, und das mache ich auch!«
Sie schüttelt lächelnd den Kopf. Und es scheint sie zu beruhigen, wie nun das hohe Tempo die Landschaft packt, heranzieht und wieder löscht, innerhalb eines Atemzugs ganze Sinneinheiten heranrauschen und wieder verschwinden: Industrieparks, Reihenhaussiedlungen, grüne Wälder und schockgelbe Rapsfelder, die wie große Decken über die Landschaft gebreitet liegen. Wir fahren auf der linken Spur und überholen alle, so wie ich auf dem Fahrrad alle überhole. Eine Autobahnbrücke schlägt einen Schatten ins Innere, kurz wie ein Augenblinzeln. Der Himmel ist plötzlich blau, und die einzelnen Wolken bewegen sich nicht, strahlend weiße Gebilde, in denen man Tiere und Gesichter sehen kann. Kumuluswolken. Unser Vater hat jede Wolkenart benennen können, aber nur diese habe ich mir gemerkt. In der Ferne steigt aus Zementschornsteinen dicker weißer Rauch auf und mischt sich unter die Wolken; Fälschungen, Wolkenfälschungen. Ich werde wieder müde, aber Svenja lacht plötzlich, und ich sehe erschrocken zu ihr hin.
»Er legt da oben sicher bereits Akten an, was meinst du?«
Ich wende das Gesicht ab, ich mag solche Sätze über ihn nicht hören. Ich schaue aus dem Fenster, auf die Autos, die wir alle noch überholen werden. Früher haben wir den Autofahrern durch die Heckscheibe zugewinkt. Wir zählten alle blauen Autos, dann alle silbernen, dann

alle roten und grünen. Wir wurden gezogen und getragen, wir schliefen ein, wir wachten auf. Wir übten, den Blick nicht von den Bäumen mitreißen zu lassen. Die Eltern waren kaum anders als wir. Ratespiele, Witze, Lieder füllten den Innenraum. Kekse, Getränke wurden zu uns nach hinten gereicht, mit den Geboten: nicht krümeln, nicht kleckern. Eine Schläfrigkeit und ein Vertrauen, das nicht auf die Probe gestellt wurde. Wir fuhren ans Meer, an die holländische Nordsee, durch die blauen Morgenstunden. Im Dunkeln waren wir aufgestanden. Alle zusammen, im Halbschlaf; der Schock, die Überwindung und die Verheißung. Wir entwischten in Nacht und Nebel, als täten wir etwas Verbotenes. Die Autobahnen waren frühmorgens noch leer, wir kamen besser durch. Alles war, wie es war, und nicht anders. Wenn ich hinfiel und mir wehtat, war der Schmerz alles in jenem Moment. Wenn etwas alles ist, ist es nichts. Hegel, Pater Joseph oder Arndt. Einer von denen, vielleicht aber auch keiner, vielleicht ist es von mir.

»Ich will dir etwas erzählen«, hebe ich plötzlich an, und meine Schwester fragt vorsichtig »ja?«, und dann schließe ich die Augen, denn was ich erzähle, wird ihr nicht gefallen.

»In einem Sommer bin ich mit Papa allein an die Nordsee gefahren. Vielleicht erinnerst du dich. Ich war Anfang zwanzig. Er hatte die Route, obwohl wir sie x-mal gefahren sind, auf einen Zettel notiert, der am Armaturenbrett klebte, und manchmal bat er mich, ihn vorzulesen. Anfangs ging alles glatt. Doch bei Eindhoven war die Autobahn gesperrt, und große Umleitungsschilder schickten uns über Landstraßen und durch

Dörfer, die wir nie gesehen hatten und die wir nie wieder sehen würden. Und noch immer war es früh, in der Luft lag dieses Glühen, wenn das erste Licht sie streift, und trotzdem fluchte Papa leise, wenn auch auf seine freundliche Art, vor sich hin. Und seine Anspannung ließ erst nach, als wir wieder auf der Autobahn waren und die Wörter, die auf dem Zettel standen, auch auf den großen Schildern über uns auftauchten. Wir hielten an einem Rastplatz, er kontrollierte mehrmals, ob die Türen auch alle verriegelt waren, und dann gingen wir zu den Bänken auf der Wiese. Wir blieben stehen, setzten uns nicht und wickelten die belegten Brötchen aus, die Mama uns mitgegeben hatte. Wenn jetzt nichts mehr passiert, sagte er, können wir in drei Stunden das Meer sehen, und nachdem er gegessen hatte, machte er einige Turnübungen, die er vielleicht noch aus der Schule kannte, Hampelmann und die Beine rasch hochziehen, vielleicht waren es auch die Aufwärmübungen der Fußballer, die er im Stadion sah, und ich erzählte ihm von meinem Studium, von Erkenntnistheorie, von Kant und davon, dass wir nicht wissen können, ob die Dinge so sind, wie sie uns erscheinen. Das fand er interessant, wenn ich ihm so etwas erzählte, das weißt du, aber seine Begeisterung für Philosophie war ja stets ganz generell, er verstand nicht viel davon, und die Begeisterung machte ihn auch müde, ich merkte es. Wir gingen langsam, beinah erschöpft zum Wagen zurück. Und dann fehlte der Schlüsselbund. Er war einfach weg. Papa durchsuchte mehrmals alle Taschen; ich durchsuchte sogar meine. Wir sahen unter dem Auto nach, wir gingen den Weg zurück zu den Bänken, wir suchten im Gras, wir suchten eigentlich überall. Es war ein merkwürdiger Moment. Die Schlüssel konnten ja nicht weg sein, das wussten wir, aber trotzdem waren sie weg. Dann sah ich den Müllcontainer, in den wir das Butterbrotpapier geworfen hatten, und ich schob ahnungsvoll den schweren Deckel hoch. Er nahm den Schlüsselbund vorsichtig heraus und bat mich, es niemandem zu erzählen. Und als wir später am Meer spazierten, fiel uns der verlorene Schlüssel ein, und jetzt konnten wir darüber lachen. Und ich habe es tatsächlich nie erzählt, nur Arndt, aber das war viele Jahre später, und auch Arndt lachte und sagte, das ist typisch dein Vater, er achtet auf jedes Detail, und dann geht etwas ganz Großes daneben. Und das kann man wohl auch jetzt sagen, oder?«

Svenja schüttelt leicht den Kopf, und es ist nicht klar, ob sie zustimmt oder widerspricht. Sie setzt den Blinker, wir werden langsamer und gelangen auf die Allee, die in unseren kleinen Ort mündet. Der Wind fasst nach den Blättern der Pappeln, dreht ihre Unterseiten ins Licht, sie glänzen wie silbrige Fischbäuche. Und noch immer sehe ich die Nordsee vor mir, metallgrau und eine Spur zu kalt.

Ich räuspere mich und frage:

»Weißt du noch, wie Papa damals für die Prüfung gelernt hat?«

»Welche Prüfung?«

»Die Theorieprüfung für den Flugschein.«

»Natürlich weiß ich das noch.«

»Wir dachten damals alle, er fällt durch.«

Ich lache. Sie lacht nicht.

»Daran kann ich mich nicht erinnern«, sagt sie.
»Nicht? Wir können Mama fragen. Wie er jeden Morgen um halb sechs in den Keller verschwand, um dort vor der Arbeit in Ruhe zu lernen.«
»Aber er hat die Prüfung doch bestanden, sogar als Bester, soweit ich weiß, und er war der Älteste, er war schon über fünfzig.«
»Ja, aber es sah anfangs nicht danach aus«, beharre ich. »Hast du das vergessen?«
»Er hat das vielleicht so dargestellt, Ari. Er hat die anderen das glauben lassen, aber er selbst wusste immer ganz genau, was er tat und was er konnte.«
Das stimmt doch gar nicht. Dann hätte er diesen ersten Flug im Jahr nicht alleine gemacht. Nie hat er den alleine gemacht, er hatte immer diesen Fliegerfreund dabei. Aber diesmal wollte er ihn nicht dabeihaben, er sagte nein, nicht nötig. Das erzählte mir der Freund beim Beerdigungskaffee. Mir. Er kam extra zu mir, als ich zum Rauchen auf die Terrasse ging. Er kam zu mir, er ging, soweit ich das überblicke, nicht zu ihnen mit dieser Sache. Ich würde gerne mit Svenja darüber reden, genau darüber, auch, warum er nicht zu ihnen ging, sondern zu mir, aber dann wird sie mich vielleicht hier an der Kreuzung beim Einkaufszentrum rausschmeißen, mir zwanzig Euro in die Hand drücken und sagen, hier, geh was essen, oder geh mit deinem Pickel zum Arzt, ich hol dich nachher ab. Plötzlich wird es dunkel um uns herum, schwarze Hochhäuser klemmen uns ein. Hier haben Beatrice und ich auf dem Schulweg Klingelmännchen gespielt, haben wir im Lachrausch zwanzig Klingeln auf einmal gedrückt und sind weg-

gerannt. Svenja war bereits auf dem Gymnasium in der Stadt. Aber die Lehrer sprachen mich auf sie an, immer wieder, sie mochten meine Schwester, sie erkundigten sich nach ihr. Und es machte mich stolz, dass da noch jemand war, jemand Älteres, der weiter war als ich.

Das Haus. Der Vorgarten. Unsere Mutter. Alles wie immer, nur er steht nicht da, aber er müsste doch nun neben ihr stehen, die Hände in den Hosentaschen, mit einem Lachen, das ihn so überrumpeln konnte, einfach Loslachen, das ging, das konnte er, hilflos sein. Arndt sagte einmal: Dein Vater lässt sich seine Schwäche nicht nehmen.

Er war dagegen, dass ich so lange wegfuhr. Wir standen im Wohnzimmer, er war wütend, und das war selten; die Wut setzte ihm mindestens so zu wie das, worauf sie sich richtete.

»Aber warum?«, fragte ich. »Weil wir das nicht gut finden!« Dreimal fragte ich ihn, dreimal die gleiche Antwort, nur jedes Mal wütender. Ich dachte, er wünscht sich, dass ich mein Referendariat antrete oder meine Doktorarbeit zügig beende, statt sechs Monate in ein Zen-Kloster zu verschwinden. Doch plötzlich nahm er mich in die Arme und begann zu weinen. »Ich habe Angst, dich nicht wiederzusehen.«

Aber wir hatten uns wiedergesehen. Ich hatte ihm von Pater Joseph erzählt, und dann hatten wir noch einmal telefoniert, und drei Tage später war mein Vater tot.

Svenja stellt den Motor aus und legt die Hände aufs Lenkrad. Sie wendet mir ihr Gesicht zu und fragt: »Schaffst du das heute? Bitte. Bitte mach es nicht

schlimmer, als es schon ist. Es ist schlimm, und wir sind hier, um die Einzelheiten zu erfahren.«
Auch um Svenja hätte er geweint, aber sie hat ihm keinen Anlass dazu gegeben, nie.
»Für mich ist das überhaupt nicht schlimm«, sage ich. »Ich finde es schlimm, keine Einzelheiten zu wissen, weil dann nämlich die Phantasie keine Begrenzung erfährt und sich alles Mögliche ausmalen kann, verstehst du, ich habe nämlich eine sehr lebendige Phantasie, besonders, was den Tod betrifft.«
Zwischen ihren Augen erscheinen zwei senkrechte Falten.
»Ich hab's verstanden. Ich hab deinen Punkt verstanden. Mir ist klar, wie du dich fühlst.«
»Oh, danke.«
»Kannst du mal anders reagieren als ironisch und überheblich? Scheiße.«
»Es geht hier um meinen Vater«, sage ich schnell.
»Ja, aber er ist auch mein Vater, und er ist der Mann unserer Mutter.«
Unsere Mutter, das merken wir plötzlich, die haben wir total vergessen. Sie war schon aufs Auto zugegangen, und nun hat sie sich wieder abgewandt, geht ein paar Schritte Richtung Müllcontainer, kehrt verdrossen uns den Rücken halb zu, die Lippen aufeinandergepresst und in diesem wippenden, wutwegwippenden Körper; das macht sie seit kurzem, auch als er noch lebte, Knie leicht gebeugt, und das Gesicht vorwurfsvoll, aber tapfer.
»Genau das wollte ich vermeiden«, seufzt Svenja. »Jetzt sieh sie dir an.« Aber ich sehe zu Svenja und sehe auch

bei ihr den Widerhall einer plötzlichen Nähe zwischen uns, auch sie merkt es und sagt: »Komm, wir machen das jetzt, aber lass mich vorgehen.«

11

Ich bin so unglaublich müde. Ich verschlafe den Tod und seine Einzelheiten. Meine Mutter gießt Tee ein. Rückt die Kekse etwas mehr zum Polizeibeamten, er sitzt in Jackett und Jeans auf dem Platz meines Vaters. Ich merke, dass er ihr gefällt, blond und jugendlich, sanft, ich denke an einen Engel.
Dass es ihm leidtue, sagt er und dass, als meine Mutter ihm ein Foto hinlegt, er meinen Vater gerne kennengelernt hätte, dass sie sicherlich einiges auszutauschen gehabt hätten, er selber fliege ja auch, das gehöre zur Spezialisierung, dem Aufklären von Flugzeugunglücken. Ja, dass das alles nicht abzusehen war, sagt unsere Mutter, dass sie am allerwenigsten je mit so etwas gerechnet habe, er sei halt immer für Überraschungen gut gewesen, wirft Svenja ein. Das hat sie heute auch über mich gesagt.
Ich habe den Eindruck, zwar hier zu sitzen, aber eher unsichtbar zu sein. Auch scheint niemand Notiz davon zu nehmen, dass ich überhaupt nichts sage. In der Mitte des Wohnzimmers mein Pickel. Er tut weh, und alles, was ich sagen will, scheint aus diesem schmerzenden Punkt zu strömen und etwas von Eiter und Bakterien zu haben. Infizierte Worte. Infiziert von meiner Neugier. Ich sehe seinen Händen hinterher, wie sie mit sanften Bewegungen auf dem Esstisch Fundstücke rücken, das Portemonnaie und den Schlüsselbund, der einmal in einem Müllcontainer in Holland lag. Plötzlich ein Stau im Mund, da drehen und dehnen sich Wörter, ich

warte, dass der Beamte eine Pause macht, dessen Hand ein Flugzeug nachspielt, das zur Hängelampe aufsteigt wie zur Sonne und wieder sinkt, noch einmal aufsteigt und noch einmal, und noch steiler sinkt, dann innehält, als er merkt, wie meine Mutter ihre Hände reibt, über ihren Handrücken wieder und wieder streicht, als wolle sie lästige Seife abkriegen, seine Flugzeughand nicht mehr beachtet, Notlandung, das Wort, da ist es endlich, keine Ohnmacht, die den Körper gegen das Steuer drückte und es blockierte; er hatte gewusst, es bleiben nur noch ein paar Sekunden, wusste um sein Herz, das ihm nicht mehr viel Zeit ließ zu suchen. Dass er bis zuletzt noch gelebt habe, die Hämatome gäben darüber Aufschluss.

Er sagt das mit großer Ruhe, und doch weiß er, was er tut. Ich sehe es an dem vorsichtigen Blick zu unserer Mutter, die ihm den zu erwidern versucht. Die ihre Hände immer noch knetet und das nicht abstellen kann und sich vielleicht eher eine Ohnmacht für ihren Mann wünscht, einen Nebel, ein sanftes Woanders. Jene winzige Zeitspanne, zehn Sekunden, in der mein Vater hätte lachen können, weil er denkt, so also sterb ich. Diese zehn Sekunden, die schon Wochen zurückliegen und gegen den Weltlauf nichts bedeuten, aber mir bedeuten sie alles.

»Aber die Frau«, rufe ich plötzlich, »da gab es doch eine Zeugin, in der Zeitung, die sagte, mein Vater habe sie angesehen.«

»Augenzeugen sind meist unzuverlässig. Bei Katastrophen konstruiert die Panik manchmal Versionen, fälscht das Erleben und die Erinnerung daran.«

Ich nicke und bleibe doch bei irgendwas an ihm hängen, nicke mehrmals einen Takt, der sich plötzlich unter uns legt, und immer noch sieht er mich an, zumindest scheint mir das so. »Ariane?«, fragt jemand, und ich höre mich aufschnarchen, dieses hässliche Rachengeräusch, mit dem man sich selber wecken kann, ich sehe die Hand meiner Mutter auf meiner liegen, sie schaut zu mir, und ich sage: »Ich weiß gerade nicht, wo ich war.« Dabei erinnere ich mich genau an einen Raum aus Liebe, der mich umfing, in dem bruchteilkurzen Wegsinken, eine große Dankbarkeit, die plötzlich, als ich zum Beamten schaue, ganz auf ihn sich richtet.

»Das ist normal«, sagt er und schaut mich an. »Sie können nicht verarbeiten, was sich im Grunde nicht verarbeiten lässt. Sie werden damit noch lange zu tun haben.«

»Danke, das ist echt hilfreich, dann weiß ich, mit mir ist alles in Ordnung, denn ich schlafe wirklich sehr viel und fühle mich im Schlaf am wohlsten. Gestern noch, das würde ich gerne kurz erzählen, gestern oder vorgestern, bevor mir das passiert ist, dass ich nachts auf einem Spielplatz einschlief, nein, macht euch keine Sorgen, träumte ich, ich sei auf der Flucht. Ich rannte über den Feldweg hier draußen vor unserem Haus, und es waren schnelle Autos hinter mir her. Ich bog schließlich in die Allee hinter dem Bauernhof ein, wo es ganz still wurde, doch die Gefahr war nicht vorbei. Es war nur ein Moment des Innehaltens. Ich öffnete eine Eisentür, die es dort an der Stelle nicht gibt, und vor mir lag die Allee mit den alten Kastanienbäumen, und da bemerkte ich, dass der Boden ein Eisensteg war, der an manchen Stellen ausdünnte und den Blick freigab auf schwarzes Wasser, Wasser ohne Glanz, und im Traum wusste ich, das ist Wasser des Todes. Ich wusste, das ist der Weg, der mir erscheinen wird, wenn ich sterbe. Ich wusste es im Traum, muss ich ergänzen, und dieses Wissen ist natürlich keine fünf Cent wert außerhalb der Träume. Es war übrigens ein guter Traum, ich bin gut daraus erwacht. Das kam vielleicht nicht ganz rüber.«

»Es sagt zumindest etwas über Ihr Bedürfnis nach Hilfe. Und vielleicht sollten Sie sich Hilfe suchen, vielleicht eine Therapie beginnen.«

»Ja!«, rufe ich, fast ein bisschen zu laut, »das ist eine gute Idee«, und ich merke, dass das Schweigen der beiden anderen unangenehm zu werden droht, »aber bitte, lassen Sie sich nicht von mir aufhalten, wir müssen ja noch einiges besprechen«, und der Beamte sieht mich kurz an, und sein Lächeln, als ich die Augen schließe, schaukelt durch mich hindurch, ein sehendes, verstehendes Lächeln, eins, das ich lange nicht mehr erhielt, das Sehnsucht weckt und Angst.

»Machen wir weiter«, sagt Svenja.

»Ja. Hier ist dann noch«, sagt er und zieht etwas aus dem großen Behälter, »hier ist dann noch seine Tasche«, und das aufgeschlitzte Leder liegt zwischen uns wie ein erlegtes Tier. Daran lässt sich alles hochrechnen. Ich schließe die Augen. Ich öffne sie nur, weil ich Svenjas Blick bemerke, ich liege aber inzwischen auf der Couch, ich habe mich ins Abseits begeben, »mir ist schwindelig« gesagt, aber doch noch ein bisschen mitgehört.

»Wir sind fertig«, sagt Svenja, und ich räkle mich einmal und sehe über die Sofakante hinweg das schöne Gesicht des Beamten, das wäre sicher der Moment, aufzustehen und mich zu verabschieden, aber ich hoffe, er kommt zu mir.
»Geht es Ihnen wieder besser?«, ruft er, und ich sage: »Ja, und danke für alles, Sie haben uns sehr geholfen. Auf Wiedersehen dann!« Ich hebe die Hand und winke. Svenja lächelt, ich glaube, über mich, und wird dann wieder ernst, die Stimmen wandern in die Eingangshalle, nur die Sonne bleibt, schießt durch die hohen Glasfenster. Auf der Fensterbank flirren Lichtfunken von Amethyst und Bergkristall ineinander, da sehe ich hin, immer wieder, diese Bilder und Dinge nun mit ihm verknüpfen, zu seinen letzten werden lassen. Die Haustür fällt zu. Meine Mutter, ihre Schritte, die ich so gut kenne, zur Küche. Svenja zu mir. Wieder nimmt sie neben mir Platz, was ganz ungewöhnlich ist und mich ein bisschen befremdet. Ich habe sie oft so neben Laura sitzen sehen, wenn sie hier lag und Fernsehen guckte.
»Das muss man erst mal können. Sich herausnehmen aus allem und zur Hauptperson machen.«
»Von Papa gelernt, von ihm«, murmle ich.
»Herzinfarkt. Das hast du gehört, ja?«
»Ja.«
»Dann kannst du jetzt aufhören mit deinen Phantasien.«
»Das ist zu einfach.«
»Dann mach es dir schwer.« Sie gibt mir einen leichten Klaps auf die Wange. Ich fange ihr Handgelenk, erschrecke über den Widerstand, die Spannung in ihrem

Körper, gegen die ich reflexhaft andrücke, und sie hält mit ganzer Kraft gegen mich, und ich schlage ihr schließlich ins Gesicht, dass es knallt. Wow, das saß, und sie schlägt zurück, dass es brennt im Gesicht, und ich greif nach der blöden Goldkette und reiß sie ihr vom Hals. »Spinnst du«, sagt sie, aber flüstert das bloß.
»Die ist kaputt.«
»Die ist kaputt«, wiederhole ich und gehe zum Tisch, mache mich über die Kekse her, von denen vorhin keiner nahm. Ich habe so großen Hunger seit Tagen, seit ich kein Geld mehr habe und mir nichts mehr kaufen kann. Das wissen sie nicht. So richtig wusste das nur mein Vater, der nicht reagierte, als ich ihm bei unserer letzten Begegnung sagte, ich habe im Kloster auch ein Buch begonnen, es ist halb fertig. Wir standen im Flur, wir waren im Aufbruch, meine Eltern wollten mich zum Bahnhof fahren. Er betrachtete seine Hand, die den Autoschlüssel hielt, dann schaute er auf und fragte: »Hast du auch alles?« »Ja.« »Hast du auch nichts vergessen?« »Nein.« »Schau doch lieber noch mal nach.« Ich schaute nach, in dem Zimmer, das einmal meins gewesen war. Und dann zog ich die Jacke an und dachte an den Referendariatsplatz, den ich hatte verfallen lassen, um länger im Kloster zu bleiben als geplant, bis zum letzten Cent bin ich geblieben. Dass ich nun pleite war, wusste er. Und dann kam meine Mutter und fragte ebenfalls, »hast du auch alles«, und ich sagte wieder »ja«, und dann sind wir nach draußen zum Auto, und ich setzte mich nach hinten und sah auf meine Eltern, zum letzten Mal.
Ich lasse die Kekse im Mund zerbröseln, schaue zu

Svenja, die immer noch auf dem Sofa hockt, das Goldkettchen in der offenen Hand hält und betrachtet. Sie wirkt so klein auf einmal, und ich habe ihr die Kette kaputtgemacht, und es ist wie früher auch, da wurde ihr gesagt, die Klügere gibt nach, wenn ich ihr Dinge wegnahm, zerstörte, ihre Puppen bemalte, versteckte. Ich sollte jetzt zu ihr und mich entschuldigen. Sie wirkt nachdenklich, sie wirkt, als könne man sich zu ihr setzen und reden, vielleicht über Buddhismus. Doch da ruft unsere Mutter nach ihr, und sie steht sofort auf, geht ohne Blick zu mir in die Küche; jemand, wohl unsere Mutter, schließt die Tür, und ich höre gedämpfte Stimmen, wie damals unsere Eltern, wenn es um uns ging.
»Gib ihn ihr«, sagt Svenja nun lauter, »wir können den Schein nicht wechseln und auch nicht durchschneiden. Gib Ari die zweihundert, und damit Ruhe.«
Es geht um das Geld, das mit ihm flog, das alles miterlebte, mitansah.
»Er hätte es ihr gegeben!«, ruft Svenja, und das stimmt, ich frage mich nur, woher Svenja das weiß, er tat es stets, wenn wir allein waren, auch beim letzten Mal. Hier, für den Anfang. Es war eine Monatsmiete.
Die Tür fliegt auf. Svenja geht zurück zu ihrem Platz auf dem Sofa. Meine Mutter zögert, biegt einen Zweihundert-Euro-Schein leicht hin und her, betrachtet ihn, dann reicht sie ihn mir.
»Du kannst das sicher gut gebrauchen, vielleicht kaufst du dir was Schönes davon.«
»Danke«, sage ich, »Geld kann ich wirklich gut gebrauchen«, und denke an schöne Kartoffeln und schöne

Milch und schönes Brot. Ich schaue zu Svenja, die sich hinter der Fernsehzeitschrift versteckt und denselben stieren, tranceartigen Ausdruck angenommen hat wie damals als Kind.

12

Wir fahren am nächsten Nachmittag gemeinsam zurück in die Stadt. Svenjas Plan, dass ich über Nacht bei unserer Mutter bleibe, mit ihr also allein bin, schien ihr wohl plötzlich unverantwortlich. Also sagte sie ihre Termine ab und blieb ebenfalls. Als wir in meine Straße einbiegen, murmelt sie: »Dann mach's gut.«
»Du auch.«
Der Himmel hat sich zugezogen, zum ersten Mal seit Wochen. Die Wolken färben alles eintönig grau, auch das rote Auto, das nun davonflitzt.
Oben in der Wohnung trete ich in ein Wasserrinnsal, es kommt aus der Küche, und meine Katze blickt von der Kommode aus fragend zu mir hoch. Ich öffne die Küchentür, und da ist noch mehr Wasser auf dem Boden. Ich schalte das Licht an, aber es bleibt dämmrig. Auch im Kühlschrank springt kein Licht an, und der riesige Eisblock ist fast ganz weggeschmolzen. Ich kontrolliere die Lichtschalter. Keiner funktioniert. Ich prüfe die Sicherungen im Stromkasten. Das Telefon ist stumm und die Leuchtdiode des Anrufbeantworters ein schwarzes Feld. Alle sieben Nachrichten sind nun gelöscht, auch die Stimme meines Vaters.
Ich füttere die Katze, dann wische ich das Wasser vom Fußboden, es ist eiskalt, brennt auf der Haut. Die Kaffeezeichnungen ringsum an den Wänden verdunkeln den Raum noch mehr. Ich zünde eine Kerze an und wische weiter, wringe den Lappen aus, und als der

Boden endlich trocken ist, ziehe ich mich aus und lege mich ins Bett.
Ich liege im Bett und halte die Decke mit beiden Armen fest. Mir fällt der Stapel Briefpost ein, den ich neulich unbesehen weggeworfen habe. Vielleicht waren Rechnungen dabei, Mahnungen, sonst was. Ich weiß nicht genau, wie viel Geld ich noch auf meinem Konto habe. Es schien mir besser, im Unklaren darüber zu bleiben, so lange, bis irgendetwas passiert. Vielleicht ist nun etwas passiert.
Ich rolle vom Bett. Als hätte eine fremde Hand mich gestoßen. Ich finde mich auf den Holzdielen wieder, ich lege den Kopf auf die verschränkten Arme. Es ist die Pose der Erschlagenen, der Besiegten. Aber es ist noch immer ein Ausdruck, eine Inszenierung. Es hält nicht lange vor. Das Zimmer trudelt herab, steigt wieder auf, und viel später, als ich den Kopf hebe, ist es dunkel um mich herum.
Das Handy steckt in meiner Jackentasche. Es hat geklingelt. Dann hörte es auf. Nun fängt es wieder an. Ich melde mich mit einem leisen Hallo.
Jemand am anderen Ende räuspert sich und fragt: »Ariane? Bist du das?«
Eine Frauenstimme, hell, ein bisschen aufgeregt. Dass sie mich Ariane nennt und du sagt, irritiert mich.
»Wer sind Sie?«
»Conny. Ich bin Conny.«
Sie lässt eine Pause, in der ich wohl etwas begreifen müsste, aber das tu ich nicht.
»Warum rufen Sie an?«
»Oh. Ich dachte, du wüsstest sofort, wer ich bin, und

ich müsste das nicht extra sagen. Es muss komisch für dich klingen, wenn ich sage, ich bin Arndts Freundin.«

Ich gehe zum Küchenfenster und schaue hinaus. Die beiden Unterhosen sind auch abends in der Dunkelheit gut zu sehen. Sie leuchten geradezu.

»Hörst du mich? Bist du noch da?«

»Ja«, sage ich lahm.

»Ariane, ich weiß, dass mein Anruf dich überrascht, und sicher ist es auch nicht schön, so überrumpelt zu werden. Das tut mir leid, aber es geht um Arndt. Er liegt im Krankenhaus. Er hatte einen Unfall, er hat sich ziemlich viel gebrochen, es geht ihm den Umständen entsprechend gut.«

Anfang vierzig. Blond.

»Ich würde dir gerne kurz vom Unfall erzählen.«

Seltsam, ich habe das Gefühl, es zu wissen, ich sehe, in der Sekunde bevor sie es sagt, Arndt durch die nächtlichen Straßen stürmen, mit diesem Enthusiasmus, wenn er betrunken und auf der Suche ist nach der letzten geöffneten Bahnhofskneipe, wie ein ausgebüxtes Kind fühlt er den Frieden und Rausch der Einsamkeit, der Kontextlosigkeit, immerhin, er trinkt noch, er ist durch diese Conny nicht plötzlich geheilt.

»Das Auto erwischte ihn, als er einfach über die Straße ging, ohne wohl noch zu erkennen, dass das eine Straße ist, wo Autos fahren, er wähnte sich komplett immun gegen alles, so sagte er das.«

Kennst ihn ja, fehlt, dass sie das noch sagt.

»Er hat mich gebeten, dich anzurufen.«

»Warum, kann er nicht sprechen?«

»Ihm tut alles weh, und es ist ihm auch irgendwie alles peinlich.«
»Wirklich?«
»Für mich ist es auch nicht leicht«, sagt sie.
»Wie lange seid ihr schon zusammen?«
»Hat er dir das etwa nicht gesagt? Seit deiner Reise, während deiner Reise, er wollte es dir sagen, wenn du zurückkommst, aber dann ist das mit deinem Vater passiert, und er hat sich wohl nicht getraut.«
Was die alles schon weiß. Was die alles über mich und ihn weiß. Mein Blick geht wieder zum Fenster. Gegenüber steht jemand, und erst jetzt wird mir klar, ich habe nichts an. Ich bleibe einen Moment lang reglos stehen, dann gehe ich in die dunkle Wohnung hinein.
»Ariane, wir sind beide angespannt, aber vielleicht können wir uns irgendwann mal kennenlernen. Nicht jetzt, aber irgendwann.«
Ich lausche ihrer Stimme nach. Kenne ich sie von der Uni, aus dem Seminar vielleicht?
»Außerdem ist da noch ein Problem. Arndt hat den Schlüssel in der Wohnung gelassen. Er ist bereits im Vollrausch zur Tür raus. Es gibt nur einen Ersatzschlüssel, und den hast du. Er braucht jetzt ein paar Dinge. Wäsche, Brille und so weiter.«
Eine Pause entsteht. Offenbar wartet sie, dass ich eine Entscheidung treffe, will es mir überlassen, ob ich anbiete, ihm die Sachen selber zu bringen, oder ob ich ihr den Schlüssel gebe. Das ist keine leichte Entscheidung.
»Was genau braucht er?«, frage ich vorsichtig, und genau so vorsichtig zählt sie die Sachen auf: »Vor allem Unterwäsche, Socken, seine Brille, seinen Morgenrock,

den dunkelblauen, auch wenn er vorerst noch nicht aufstehen kann.«

Sein Morgenrock, der dunkelblaue. Den hatte ich ihm geschenkt. Weiß sie das? Zieht sie ihn an, wenn sie aus der Badewanne kommt? Ich habe ihn dann immer angezogen. Ich spüre, wie ich mich nicht mehr konzentrieren kann, die Situation ist ausweglos, zu schwierig, ich kann mich zu nichts durchringen, dabei müsste ich das nun unbedingt, und das macht mich fertig, und sie nutzt diese Lücke und sagt: »Du kannst den Schlüssel unten in der Buchhandlung abgeben. Ich hole ihn dann und bringe Arndt die Sachen vorbei.«

»In Ordnung.«

Das Handy piepst, der Akku ist fast leer.

»Kannst du das morgen früh machen?«

»Ja. Und ich muss jetzt auflegen, du hast offenbar wirklich keine Ahnung, was hier los ist ...«

»Ariane, das kann ich mir vorstellen, und darum sollten wir vielleicht irgendwann reden.«

»Nein, das ist ein Missverständnis, es geht überhaupt nicht um euch, und nun muss ich wirklich Schluss machen, ich habe sehr viel zu tun, also, tschüss und danke fürs Bescheidgeben.«

Ich habe eigentlich gar nichts zu tun. Aber ich setze mich an den Laptop. Es ist ein altes Gerät und es hat einige Macken, der Stromvorrat hält im besten Fall eine halbe Stunde vor. Ich öffne ein neues Dokument, und das fahle Licht des Bildschirms färbt den Raum aschgrau. Ich beginne zu schreiben, und nach einigen Minuten schon setzt der Alarm ein.

Sonntags hielt Pater Joseph im Zen-Kloster die heilige Messe, und kaum einer von uns ging hin. Er selbst ging hin, weil er sie hielt, und er hielt sie, weil er musste. Das Land, auf dem das Kloster steht, gehört den Jesuiten.

Ich kann das gerade noch speichern, da schaltet sich das Gerät aus, und es wird wieder dunkel um mich herum. Ich schaue aufs Handy, auch das hat sich inzwischen abgeschaltet.

Es klingelt an der Haustür, das ist vielleicht Beatrice, die immer noch durch die Stadt geistert und eine Bleibe sucht und ihre Zen-Meister-Sätze auf mich anwenden will. Ich öffne das Fenster und schaue herab, aber da steht Leander. Die beiden, denke ich, verarschen mich irgendwie, kennen sich vielleicht und sprechen sich ab, wann sie bei mir auftauchen, immer dann, wenn ich gerade den anderen erwarte. »Hallo« rufe ich auf die Straße runter. »Hallo« ruft er hoch. »Machst du mal auf?«

Ich gehe zum Türdrücker, aber der Summer setzt nicht ein. Ich ziehe den Bademantel meines Vaters über und gehe im Dunkeln barfuß das Treppenhaus hinunter. Der Stein ist kalt. Der Handlauf glatt und vertraut. Mein Vater war groß, sein Bademantel schleift hinten ein Stück über die Stufen, wie eine Brautschleppe. Durch die Etagenfenster fällt das Licht der Stadt auf meine nackten Füße, ich sehe den abgeplatzten roten Nagellack.

»Nett, du holst mich unten ab?«

»Der Türdrücker ist kaputt.«

Er drängt sich an mich, so stark, dass ich nach hinten stolpere und die kalte Wand im Rücken zu spüren kriege. Seine Hände, warm, öffnen den Bademantel, er versucht, einen Finger in mich reinzuschieben, da drück ich ihn weg, und er meint, das sei ein Spiel, und hält dagegen, presst sich mit dem Körper noch fester an mich; sein Mund auf meinem atmet er in mich hinein, Rotwein, warum trinken die alle.

»Nein, nicht, und nicht hier.«

»Gerade hier ist es doch gut«, flüstert er, aber lässt mich los und folgt mir die Stufen nach oben, dort, im Wohnungsflur, während ich hektisch nach der Kerze suche, lächelt er: »Du willst bestimmen und gleichzeitig in Besitz genommen werden, hab ich recht?«, und schnell zünde ich die Kerze an, stelle sie auf den Nachttisch, damit er das für Romantik hält, er soll nicht auf die Idee kommen, einen Lichtschalter auszuprobieren. Nichts funktioniert mehr hier. Die Dunkelheit kaschiert die Kleiderhaufen, aber als er auf mir liegt, sehe ich im Augenwinkel langgezogene Schatten um uns herum zittern. Kaffeegeruch zieht durch die Wände. Falter entkommen. Wir drehen uns, ich liege auf ihm, zielsicher und eingespielt schnell alles, etwas, das in sich geschlossen ist. Ich stopfe mir meinen Slip zwischen die Beine, als ich aufstehe zum Klo. Hätte ich Licht, könnte ich nun die milchigen Schlieren im Urin sehen, die ich stets so gerne betrachte. Ich ziehe ab, gurgelndes Wasser. Alles ist vertraut. Könnte normal sein. Wie lange wird es dauern, bis ich wieder wer sein kann? War ich das überhaupt je? Ich bleibe im Flur stehen und bei dieser Frage hängen, sie hat mit Leander zu tun. *Du willst bestimmen.* Das ist wahr und tut weh. Doch was an ihm Feind ist, ist Feind in mir. Ich höre ihn mit der Daunendecke rascheln und mache mich schließlich los, krieche zu ihm in die Wärme. Er streicht mit einer Hand meinen Rücken hinab, dann fährt die Hand wieder aufwärts. Ich rege mich nicht. Das Plakat mit dem Buddha aus dem Asiatischen Museum über uns. Ich halte das für eine Träne, was da auf dem zinkgrauen Gesicht herabläuft, er hält es für einen Materialfehler.

»Dir geht's wieder besser, ja?«

Er rüttelt leicht an meiner Schulter, neckend, aber die abrupte Bewegung, die in die ausschwingende Weite fällt, ist unangenehm. Ich ziehe die Beine an, er greift nach meinem Fußknöchel und rüttelt dort ebenfalls, ich vergrabe das Gesicht im Kissen.

»Was ist eigentlich mit deinem Exfreund, mit Arndt?«

»Was soll mit dem sein?«

»Habt ihr noch viel Kontakt?«

»Gar keinen«, fasse ich die Lage zusammen. Suff. Knochenbrüche. Neue Freundin: Nein. Das geht dich nichts an.

»Ist das jetzt klug?«

»Arndt sagt, er ist nicht für mich verantwortlich.«

»Aber das war doch mal anders, oder? Du meintest, für ihn sei das eine Verbindung über alles hinweg, so was Ewiges und Unerschütterbares. Warum sagt er dann plötzlich so was?«

»Frag ihn doch selbst«, sage ich und drehe mich auf den Rücken, so dass er seine Hand wegziehen muss.

»Hat er jemand Neues?«

»Ja.«

»Ach so.«

Leander lächelt, ich taste beiläufig nach seinem Schwanz,

eher so, als kontrollierte ich meinen Besitz. Der Schwanz ist schlaff, und ich lasse ihn wieder los, als er anfängt, hart zu werden. Leander tut, als kriege er nichts mit von diesem blödsinnigen Spiel.
»Wen hast du denn jetzt eigentlich?«, fragt er.
»Niemanden.«
Er setzt sich auf, schaut sich im Zimmer um und blickt dann wieder zu mir. Ich verschränke die Arme über meinem Gesicht, als blende mich eine Lampe.
»Sag mal, hast du eigentlich einen Plan? So kannst du doch nicht weitermachen, oder? Also, es muss bald irgendwas passieren, das dich da rausholt. Oder machst du das absichtlich? Gefällt dir das, die existentielle Grenze spüren und so?«
Ich gähne. »Ich gehe vielleicht zurück zu Pater Joseph ins Zen-Kloster, ich kann dort bleiben, ich kann einen Garten aus Kieselsteinen für ihn sauber harken, ich kann dort etwas lernen, ich brauche nicht einmal viel Geld, vielleicht sogar gar keins.«
Der Gedanke ist neu. Ich bin nicht sicher, ob es wirklich das ist, was ich will, aber es ist eine Antwort für ihn, weil es die absurdeste Möglichkeit in seinen Augen darstellt. Außerdem ist das ein Plan, der ohne ihn auskommt. Im Grunde ist das ein Plan, der prinzipiell niemanden braucht, nicht einmal mich selbst. Es geht ums Verschwinden. Dass ich vor zwei Nächten unten auf dem Spielplatz im kalten Sand lag, würde er mir nicht glauben. Aber das war der Anfang.
»Führst du wieder Selbstgespräche? Du nickst dir dann selber zu. Das ist süß.«
»Ja?«

»Hm, mal wieder die große Geheimniskrämerin.« Er steht auf. »Ich habe Durst.«
Ich laufe ihm nach, ich will nicht, dass er die Küche betritt, aber da steht er bereits und drückt den Lichtschalter. Es bleibt dunkel.
»Die Glühbirne ist kaputt«, lüge ich.
»Die Glühbirne, der Türdrücker, funktioniert hier eigentlich irgendwas?«
Er macht einen Schritt zurück in den Flur, tastet in der Dunkelheit über die Wand, findet den Schalter, ich greife nach seinem Arm, ziehe ihn herab.
»Es gibt auch keinen Strom mehr.«
»Warum nicht?«
»Eine Panne.«
Er lacht ungläubig auf, ich trete einen Schritt zurück, dann hole ich die Kerze. »Ich habe nur Leitungswasser«, sage ich, fülle ein Glas ab und reiche es ihm. Im Kerzenschein leuchten die schwarzen Zeichnungen an den Wänden auf, der Flügel des großen Falters scheint zu schlagen.
»Was ist das, dieses Zeug überall, ist das Kunst?«
»Nein, das ist Kaffee. Und, wie läuft es bei euch?«
Ich frage zum ersten Mal nach seiner Freundin.
»Nicht gut.«
»Und darum bist du hier?«
»Nein. Ich dachte, wir reden mal.«
»Aber wir haben eigentlich Schluss. Was gibt's da zu reden?«
»Was heißt das schon. Ich meine, du weißt genau, dass das nichts heißt.«
»Ich bin mir nicht sicher. Vielleicht sollten wir anfan-

gen, es etwas bedeuten zu lassen, denn wenn Schlussmachen nichts bedeutet, bedeutet auch Zusammensein nichts, oder?«
Ich sehe an seiner Betroffenheit, ich habe irgendetwas Wahres aufgespürt, eine gut umschiffte Denklücke. Und darum vielleicht fragt er nun, die Hände auf meinen Schultern: »Kann ich dir irgendwie helfen?«
»Ich glaube nicht.«
»Soll ich dir Geld leihen?«
»Ich erwarte eine kleine Erbschaft. Nicht viel. Aber es wird vorerst reichen.«
Ich erwarte keine Erbschaft, auch keine kleine, es gibt nur das Haus. Vielleicht macht es mich fertig zu wissen, Leander hat Geld, er hat sich das angespart, er rechnete vor einiger Zeit aus, er könne fünf Jahre bequem davon leben, ohne arbeiten zu müssen.
»Doch, du kannst mir helfen. Ich habe einen Zweihundert-Euro-Schein, noch von meinem Vater. Ich kann ihn nicht ausgeben. Es ist das Letzte, was ich von ihm bekommen habe. Wenn du ihn mir wechselst? Ich möchte, dass du den Schein für mich verwahrst, bis ich ihn zurückkaufen kann.«
Er schaut nach, aber findet nur einen Fünfziger. »Hier, behalte ihn. Schenk ich dir.«
Ich stehe nackt vor ihm und starre auf die fünfzig Euro zwischen uns. »Ich weiß, an was die Szene erinnert«, seufzt er und kratzt sich am Kopf. »Wobei, mich macht das an, merke ich gerade.«
Er legt den Schein auf den Küchentisch, und dann hebt er mich auf den Tisch und öffnet mir die Beine, stößt in mich, langsam und irgendwie, als sehe er sich selbst

dabei zu, und der Mann gegenüber, fällt mir ein, könnte uns nun ebenfalls sehen, meinen nackten Rücken und Hintern. Leander hält inne, flüstert: »Ich zahl dir jetzt jedes Mal fünfzig Euro. Das wird dich nicht retten, aber das habe ich auch gar nicht vor. Wer jemandem hilft, stärkt ihn, wer ihm zu viel hilft, schwächt ihn, sagt Zen-Meister Joseph.«
Er lacht, ich lache auch und lache ihn dabei aus mir heraus. Er geht auf die Knie, drückt seine Zunge in mich, misst, im fließenden Wechsel von schneckenweich bis schalentierhart, je nach Muskelanspannung, den Raum aus; schlürfend, buddelnd, was ich eher neugierig verfolge, statt das geil zu finden, und dann fällt mir ein, Beatrice war diese erste Verletzung. Beatrice, die mich stehenließ für andere, hier der erste Verrat. Ich greife in sein Haar, ziehe seinen Kopf, wie den eines Enthaupteten, von mir weg. Das Laternenlicht draußen vor dem Haus spiegelt sich auf seinem glänzenden Kinn. »Was ist, nicht gut?«
»Nein, doch, schon, aber nicht jetzt.«
»Ach ja, hast schon ein paar Minuten lang nichts bestimmen dürfen.«
Er lächelt nicht, und dann fragt er, ob er duschen kann.
»Ja, aber das Wasser ist wahrscheinlich kalt.« Ich zögere, dann sage ich: »Es tut mir leid.«

13

Es ist alles in Ordnung. Das hatte ich zu meinem Vater gesagt, am Telefon. Er hatte meine Worte wiederholt und dann leise gelacht, wie über sich selbst, als würde er etwas ganz Offenkundiges endlich begreifen. Ich hatte ihn nie überzeugen können, dass alles in Ordnung ist. Nur in diesem letzten Gespräch. Und das ist etwas, das ich nicht verstehe, und ich verstehe auch das andere nicht, das, worüber ich nicht nachdenken darf, worüber ich ein einziges Mal bloß mit Arndt geredet habe, und seither mache ich einen Bogen um die Frage, ob mein Vater noch am Leben wäre, wenn ich nicht gesagt hätte, dass alles in Ordnung ist.

Ich schaue aus dem Fenster. Die Unterhosen sind verschwunden. Auch auf der Straße liegen sie nicht. Ich fühle einen Stich, als sei ich hintergangen worden, betrogen um etwas.

Hast du einen Plan?

Ich versuche zu überlegen, ob ich einen Plan habe. Aber ich habe wohl keinen. Jeder Plan davor scheint dazu da gewesen, andere zu beruhigen, auch mich selbst. Nur die Zeit mit Pater Joseph hat nie jemanden beruhigt, am wenigsten meinen Professor.

Vielleicht sollte ich ihn anrufen und fragen, ob er einen Uni-Job für mich hat. Aber das Telefon funktioniert nicht, und das Handy müsste aufgeladen werden. Ich suche Münzen zusammen und gehe in ein Café, in dem man sich sein Sitzrecht nicht mit regelmäßigen Nachbestellungen verdienen muss. Ich stecke das Ladegerät

in eine Steckdose an der Wand. Es ist erst elf Uhr, aber ich bestelle ein Bier, das kostet weniger als Mineralwasser und sättigt ein wenig. Ich werde es mit Zehn- und Fünf-Cent-Stücken bezahlen. Auf dem Tisch liegt eine Zeitung. Ich habe lange keine mehr aufgeschlagen. Zuletzt eine, in der um einen verpixelten Trümmerhaufen ein roter Kreis gezogen war.
Ich höre den Beziehungsproblemen am Nachbartisch zu. Im Hintergrund läuft afrikanische Stammesmusik. Beatrice verbrachte als Kind ihre Weihnachtsferien in Namibia, wo ihr Vater damals zusammen mit anderen deutschen Landwirten eine Farm unterhielt. Mein Vater, der Afrika so gerne gesehen hätte, befragte sie stets zu ihren Erlebnissen dort. Für ihn war Afrika zweifellos die Wiege der Menschheit. Vor allem die Gesänge und wummernden Rhythmen, die vom Fernseher aus direkt in die Eingeweide springen, nahmen meinen Vater für diesen Kontinent sehr ein. Kaum ein Lebensstil hätte zu seinem kontrastreicher sein können. Aber Beatrice lebte auf einer eingezäunten Farm mit Swimmingpool und Hollywoodschaukel, und die Fotos zeigten hellhäutige Kinder in Badeanzügen, die mit aufblasbaren Schwimmtieren im Pool planschten, und in der Ferne vielleicht einen Gebirgszug, Grasland, einsame Farmzäune.

Ich rufe den Professor an, nachdem ich die Wohnungstür hinter mir geschlossen habe. Noch ein bisschen atemlos bin ich, damit trickse ich mich aus; das Gespräch wird dadurch nebensächlicher. Mich stört plötzlich, dass wir uns duzen und dass er die Bezeichnung

Doktorvater hat. Er hat nicht angerufen, obwohl Arndt ihm alles erzählt hat. Er ist vergesslich, er nennt mich manchmal Andrea, so heißt seine Tochter, und Arndt nennt er Victor, so heißt sein Sohn. Ich melde mich mit: »Hallo Richard, hier ist Ariane«, und er ruft herzlich: »Ariane!«, doch dann scheint er sich zu erinnern, wer ich bin und senkt die Stimme.

»Ich hätte mich längst melden müssen, aber ich habe nicht gewusst, was ich sagen könnte, und auch jetzt weiß ich es nicht. Das mit deinem Vater tut mir furchtbar leid.«

»Ja«, sage ich und lehne mich gegen die Wand und atme. Es ist absurd, ich kann nicht, kann lange nicht, werde nicht über Kierkegaards Angstbegriff ein Seminar leiten können oder über Fichtes Ich und Nicht-Ich. Es gibt keine Form für diese Themen.

»Was macht die Doktorarbeit, kommst du weiter?«

»Im Moment nicht.«

»Lass dir Zeit.«

»Muss ich wohl.«

»Wenn die Zeit alle Wunden heilt, kann mit ihr was nicht stimmen, irgendwo bei Bernhard las ich neulich so einen Passus, ich versuche gerade, mich zu erinnern. Ich werde alt. Merkst du das?«

In meinem Kopf ist es plötzlich unendlich leer, das merke ich. Der Weg zu ihm, der da zu mir spricht, unendlich weit. Fast nur Geräusch, dessen Dekodierung ungeheuer anstrengend ist, und noch anstrengender ist es, die passenden Erwiderungen zu finden.

»Bist du gesund, kannst du schlafen?«

»Schlafen ist kein Problem.«

»Das ist wichtig. Dass du jetzt Ruhe findest!«
Ich trete nervös auf und ab und spüre, wie sich wieder Tränen anbahnen.
»Ich habe im Zen-Kloster Folgendes gelernt. Es gibt zwei Arten des Leidens. Leiden. Und Leiden am Leiden. Das erste Leiden ist unvermeidbar, aber geht vorüber, das zweite hört nie auf. Wähle!«
Er schweigt, das schafft er selten. Ob er sich Sorgen macht um meine Doktorarbeit, dass die voll sein könnte mit Weisheiten dieser Art?
»Komm doch einmal vorbei, dann reden wir in Ruhe. Was meinst du? Nächste Woche vielleicht?«
»Ja«, sage ich wieder. *Ja*, das Wort lässt sich noch am besten sprechen. Als wir aufgelegt haben, und ich weiß nicht, wie wir das Gespräch beendeten, geschieht auf einmal alles rasend schnell. Ich packe die Katze und schiebe sie in den Katzentransporter. Ich trage den Korb durch die Straßen, die Katze gibt tiefe Klagelaute von sich. Ich schließe Arndts Haustür auf, komme atemlos oben unterm Dach an, und vor seiner Wohnungstür fange ich schließlich an zu weinen.
Alles ist so vertraut. Wie in all den Jahren, in denen ich hier oben ankam, in einer Stimmung aus entspannter, wohliger Vertrautheit mit ihm und Überdruss, weil alles so ohne Herausforderung war. Die Wohnungstür war angelehnt, aus der Küche drang sein Summen, Schnalzen, Beatbox machen. Ich zog die Schuhe aus und stieg in die Filzpantoffeln. Ich entdeckte ihn meist tänzelnd vor dem Herd, in seinem eigenen Rhythmus, den er mit einem Blick über die Schulter zu mir hin öffnete und doch für sich behielt.

Die Katze hat aufgehört zu miauen, sie scheint gelangweilt. Ich folge der Spur aus an der Wand gestapelten Pizzakartons. Die hat er auch für Conny nicht wegräumen können.
Auf dem Küchentisch stehen zwei Teller mit vertrockneten Spaghetti. Das also haben die zwei hier gegessen. Sie waren ja verabredet, das sagte er noch. Aber warum blieb sie nicht über Nacht? Hat er ihr von meinem Anruf erzählt und zu sehr durchblicken lassen, dass ich ihm leidtue? Ob sie Streit hatten wegen mir, und als sie dann weg war, ließ er sich volllaufen?
Eine Glühbirne trägt eine pflaumenblaue Kartonschale als Mantel, eine Tomatenverpackung aus dem Supermarkt. Arndt hatte das originell gefunden, ich anfangs auch. An der Wand hängt ein philosophischer Kalender, den ich Arndt zum ersten gemeinsamen Weihnachten vor sechs Jahren geschenkt habe. Ich hebe ihn an. Die Wandfläche dahinter ist weiß. Drum herum sitzen bräunliche Punkte in der Raufaser. Das ist unsere Zeit, die dort in der Tapete sitzt.
In der Spüle stapelt sich weiteres Geschirr. Im Wohnzimmer stehen vor dem Fernseher zwei leere Rotweinflaschen. Das Bett ist zerwühlt. Auf dem Schreibtisch liegen Seminarunterlagen. In den Regalen lehnen verstaubte Fotos von ihm und seinen Eltern, meist mit Geburtstagskuchen zwischen ihnen. Beide leben noch. Das Bild mit mir ist verschwunden.
Ich öffne die Gittertür des Transporters. Die Katze schleicht heraus und verkriecht sich hinter dem Lesesessel. Sie kennt die Wohnung, aber sie muss mir zeigen, dass sie nicht einverstanden ist. Ich stelle ihr frisches

Wasser hin, ich schütte das Katzenklo mit Streu auf. Ich schreibe eine Nachricht: »Hallo Conny, bitte kümmere dich um meine Katze.« Ich räume die Teller vom Küchentisch und lege den Zettel gut sichtbar dorthin. Unten in der Buchhandlung gebe ich den Schlüssel ab.

In den windstillen Räumen zwischen Schiff und Anlegesteg ist das Wasser tiefschwarz und ruhig. Eine Gruppe Senioren mit einem Ausdruck des Staunens bewegt sich über den Anlegesteg an Land. Ich bleibe vor einer Taube stehen, die bäuchlings auf der Promenade liegt mit gespreizten Flügeln, doch wo der Kopf sein müsste, klafft ein sauberes, rotes Loch. Es sieht seltsam aus, aber richtig. Eine Mutter zerrt ihr Kind beiseite, ein Hundehalter seinen Hund. Ich kicke sie mit dem Fuß ins Wasser. Ich kümmere mich um die Toten. Ich halte sogar nach weiteren toten Tieren Ausschau. Einmal lag ein riesiger, glänzender Fisch am Strand, der hinter der Promenade beginnt. Da gehe ich hin. Dort stehen aufgereiht die Vans, die buntbemalten Kleinbusse. Alkoholiker, Vagabunden, Künstler. Es werden jedes Jahr mehr. Die Stadt scheint sie im Frühling aus einer geplatzten Innennaht nach außen zu drehen. Ich wandere suchend an den Fahrzeugen entlang, an dem Campingmobiliar vor geöffneten Türen. Räume deuten sich an, Räume ohne Wände, Freiluftzimmer. Zwei Hunde umtänzeln mich, springen an mir hoch, hinterlassen sandige Tatzenspuren an meiner Hose, wie Beweise, dass ich echt bin, man kann auf mir zeichnen. Einen gelben Postbus sehe ich nicht.
Ich gehe den Pfad hinab zum Flussufer, an den Bü-

schen entlang suche ich meinen Weg. Steine wie Schrift über weichem Grund. Wasser leckt über meine Schuhe. Ich halte mich an den Ästen fest, Matratzen und Zelte schimmern im schattigen Unterholz. Kleider in den Ästen, Bierdosen überziehen den Boden. Bei der nächsten Gelegenheit suche ich den Weg durch die Büsche zurück zur Straße.

Der Verkehr rauscht an mir vorbei. Jedes Fahrzeug wie ein wütender Pfeil. Meine Socken sind feucht. Ich niese. Ich trete in den Eingang eines Hochhauses und lege beide Hände, alle zehn Finger, an die Klingeln und drücke so viele ich kann. Auch beim nächsten Haus. Ich gebe mir für jedes Haus immer nur diese eine Sekunde. Es ist wie Dosenwerfen oder Kegeln. Bei den Mietshäusern werden die Klingeln weniger, ich schaffe locker alle auf einmal. Ich gehe gelassen weiter. Die Summer gießen mir Tonwellen in den Rücken. Die Passanten schauen mir zu. Niemand sagt etwas. Niemand fragt. Die Notwendigkeit meines Tuns scheint allen klar.

Von allen Seiten bläst jetzt der Wind heran. Grobflächig schwenkt das Licht über die Häuserzeilen, bis sich eine Wolke wieder vor die Sonne schiebt. Klappen am Himmel, die auf- und zugehen. Verriegelungen von Räumen, unsichtbaren. Ich biege in die Bahnhofshalle ein, werde getrieben und werde blockiert, ich kann mich nicht erinnern, je so mühsam vorwärtsgekommen zu sein, als sei ich völlig unverbunden mit allen um mich herum, instinktlos, ohne Voraussicht, und das macht mich ärgerlich. Auch auf der Domplatte stellen die Körper lauter Fallen, treten vor und zurück vor den Kameras. Vor einer Pappwand mit Folterfotos bleibe ich stehen; hier, beim blauschwarzen Fleisch, wie durch Zauberei, ist es ruhig. Ich gebe meine Unterschrift. Der Iraner dankt mir überschwänglich. Ich danke ihm. Ich bin müde. Ich will schlafen. Noch immer redet er mit mir, ich verabschiede mich, schreite durch ein Gebirgsidyll mit weidenden Schafen, der Künstler ruft etwas, ich gehe weiter. Der Wind zieht fremde Scheitel in mein Haar. Die Statuen posieren aufgereiht auf dem Museumsvorplatz, direkt vor den römischen Statuen hinter Glas. Sie alle stehen auf kleinen Podesten, wahrscheinlich Getränkekisten. Ein silberner Astronaut zwinkert mir zu. Ein Edelmann wirft eine Kusshand und grinst unter zerklüftender weißer Schminke. Einen weißen Engel sehe ich nicht. Eine goldene Fee steht reglos, nur der Wind bewegt sich in ihrem Haar. Ich schaue sie an, bis ich sicher bin, das ist nicht Beatrice.

Ich habe Hunger. Bei einem Schnellimbiss zeige ich auf eins der glänzenden Pizzadreiecke in der Auslage. Obwohl niemand hinter mir steht, bedient mich der Verkäufer in rasendem Tempo. Er wechselt mir den Fünfzig-Euro-Schein von Leander, und ich bin froh, ihn los zu sein.

Kauend gehe ich die Straße entlang und drücke erneut an den Häusern die Klingeln. Ich bekomme nicht genug davon. Mein Vater bewegte sich durch die Luft, seitdem er träumte und sich an seine Träume erinnern konnte. Er flog mit ausgebreiteten Armen an Wohnungsdecken entlang und durch Straßen. Als der Lehrer fragte: Wer von euch ist schon einmal geflogen?, riss er augenblicklich den Arm hoch, vollkommen über-

zeugt. Das war 1936, und da war noch keins der Kinder geflogen. Er hatte sich das aber so oft vorgestellt.
Erst in meiner Straße kann ich aufhören, die Klingeln zu drücken. Ich lasse die Pappe auf den Boden segeln, wische mir die Finger an der Hose ab und gehe auf den gelben Postbus zu. Es ist völlig logisch, dass Beatrice dort steht. Ich habe sie herbeigeklingelt.

14

»Zweiter Versuch«, sagt sie. So viele Versuche schon, auch damals, und dass mir ihre Art nicht passt, wie sie vom samtroten Fahrersitz herabschaut auf mich. Und da ist ein Hund neben ihr, der mich, anders als sie, anlächelt. Ihre Finger streichen über sein Fell. Ockerfarbenes Fell. Ockerfarbener Hund. Ach so.
»Wegen dem dort«, frage ich, »wegen dem Hund hast du mich nicht aus dem Mauergarten geholt?«
»Ich konnte ihn nicht dort lassen, bei mir hat er es besser.«
»Wie hast du ihn von der Kette bekommen?«
»Mit einem Bolzenschneider aus der Werkstatt. Den habe ich auch gleich mitgenommen. Es war zu riskant, zu dir zurückzugehen. Tut mir leid.«
»Willst du mit hoch?«, frage ich.
»Hier ist Parkverbot.«
»Wenn du eine Straße weiter fährst, da ist ein Parkplatz.«
Sie dreht den Zündschlüssel um, der Motor hämmert wie ein Traktor. Ich lehne mich erschöpft an die rostbraune Hausmauer. Ich warte. Diesmal wird sie zurückkommen.
Zuerst biegt der Hund um die Straßenecke, dann sie. Unter einem hellgrünen Seidenhemdchen, das nur im Nacken gehalten wird, hüpfen ihre Brüste, und sie selbst hüpft leichtgewichtig auf mich zu, will die Schwere nicht zulassen, die sich in meinem Blick festhakt, die Sorge darin über das, ich will, dass sie das kapiert, nicht

so leichte Leben, wenn man sich nicht darauf beschränkt, alles in einen Van zu stopfen und damit glücklich ist.
In der Umarmung schwappt das vertraute Geruchsgemisch aus ungewaschener Kleidung und Zigaretten über mich. Der Geruch kommt das Treppenhaus mit hoch, wie eine weitere Person. Ich schließe die Wohnungstür auf. Der Hund läuft bellend durch die Zimmer. Beatrice steht zwischen Müll, Kleiderhaufen, vor einem schwarzen Flügel aus Kaffee. Sie weicht meinem Blick aus.
»Es ist nicht leicht.«
»Das weiß ich doch, Ari.«
Das weißt du nicht.
Ich stelle eine Schale Wasser auf den Küchenboden, der Hund beginnt gierig zu trinken.
»Wie heißt er?«
Sie antwortet. Ich frage sie noch einmal.
»Er heißt: Ariane.«
»Alle mit A. Aber das kannst du nicht mehr steigern. Warum machst du das?«
»Es reizte mich einfach.«
»Ach so.«
»Ja.«
»Wenn du den Hund zu dir genommen hast, dann kannst du vielleicht auch mich zu dir nehmen.«
Sie hustet und wendet sich ab. Vielleicht muss man bei ihr erst gar nicht fragen, sondern kommt einfach mit, ich kenne die Gesetze der Vagabunden nicht.
»Dann pack schon deine Tasche«, sagt sie nun lauter, so, als hätte sie es bereits einmal gesagt. Ich schaue

mich im Zimmer um. Sie angelt schließlich die Reisetasche vom Schrank und stellt sie mir vor die Füße. Ich pflüge mit der Hand durch die Kleidernester, ziehe ein paar Dinge hervor, erst Sinnvolles, Unterwäsche, ein Buch, dann einen Handschuh, eine einzelne Socke, ein Radiergummi, alles landet in der Tasche. Sie fischt mir den Quatsch wieder heraus. Ich habe Fragen an sie: Warum sie den Hund geklaut hat, warum sie ihn wichtiger fand als mich. Aber das ist kleinlich, wenn man gerade zum Gast wird. Den Laptop lege ich zuoberst. Den will sie auch wieder zurücktun, aber ich halte ihre Hand fest. Die Hand ist ganz warm und vertraut. »Den brauche ich«, sage ich und beginne zu weinen wie ein Kind. Sie umarmt mich. Ich sträube mich ein bisschen, und dann wendet sie sich ab, ruft: »Ariane!«, und der Hund folgt ihr zur Tür. Die zwei schauen mich an. Sie warten.

Hast du auch alles. Hast du auch nichts vergessen. Schau doch lieber noch mal nach.

Ich schaue mich noch einmal in jedem Zimmer um.

Der Hund läuft vor uns her und wechselt planlos zwischen Bürgersteig und Straße. Einem Auto jagt er kläffend nach. »Bei Fuß!«, ruft Beatrice und versucht, streng zu klingen, aber der Hund kommt erst zurück, nachdem das Auto ihn abgehängt hat. Sie lacht und nimmt ihn an die Leine. »Er glaubt, die Autos würden vor ihm Reißaus nehmen, und das spornt ihn noch mehr an!« Der Hund geht nun so dicht vor mir her, dass ich fast auf ihn trete. Ich werde langsamer, so langsam, dass er schließlich meinen Platz neben Beatrice einnimmt. Als

ich die Seite wechsle, wechselt er sie ebenfalls und drängt mich erneut ab. Ich gehe also hinter den beiden her. Auf dem Parkplatz wirkt der alte Postbus zwischen den Autos wie ein Außenseiter. Über den Beifahrersitz klettert Beatrice in den Wagen. Ich klettere ihr nach wie damals, wenn ich ihr durch Abwässerkanäle folgte oder Strohballentunnel, und wir enden in ihrem Geruch. Nachtblaue Batikvorhänge verdunkeln den Raum. Holzregale, selbstgezimmert. Ein Wohnraum, doch ansatzweise nur, verkleinert, eine kleine Kochplatte und eine winzige Spüle. Zitate. Ein seltsamer Sog, der die Außenwelt zu verdrängen scheint, eine Höhle irgendwo unterhalb der Erdoberfläche, ein Fuchsbau, Maulwurfloch. Ein weißes Kleid mit Flügeln hängt an einem Haken. Der Engel.
»Gemütlich«, sage ich, »richtig gemütlich.«
Beatrice lächelt und setzt sich hinter das Steuer. Der Hund nimmt auf dem Beifahrersitz Platz. Ich lege die Hände auf seine Rippen, die Haut lässt sich zentimeterweit über die Knochen schieben, ich kriege keinen Halt an ihm, und er schaut mich an, als wisse er das. Beatrice schubst ihn, er verliert das Gleichgewicht, fängt sich wieder, aber springt dann herunter.
Als wir losfahren, klirrt und klappert es leise aus den Schränken, wie eine leise zustimmende Gefolgschaft. Das Viertel, in dem ich sieben Jahre gelebt habe, gleitet vorüber; die türkischen Imbisse, Handyläden, die Schaufenster mit Schmuck und pompösen Hochzeitskleidern. Wir überholen einen Radfahrer, der ein Wägelchen mit Wimpel hinter sich herzieht; das Kind darin hält auf den Beinen ein Buch und heftet seinen Blick auf die

aufgeschlagenen Seiten, es bekommt nichts mit von seiner Umgebung, die sich ständig verändert.
Der Hund liegt auf der Matratze am Wagenende und fiept leise. Ich schließe die Augen und schlafe ein, und als ich die Augen wieder öffne, ist alles um uns herum anders, eine Art Bürogebäudeviertel, aber leer und aus der Zeit gefallen, altmodische Bauten aus den Fünfzigern, schnell hochgezogen und offenbar inzwischen verlassen, da sind Sprünge in den Glasscheiben und ungepflegte, verwahrloste Gartenanlagen, leere Pförtnerhäuschen, eine trübsinnige Gegend in der grauen Abenddämmerung. Beatrice fährt an einem Bürogebäude vorbei auf einen leeren Parkplatz, springt mit einem langen Kabel nach draußen und geht auf einen von Sträuchern verdeckten Teil des Gebäudes zu. Sie scheint den Ort zu kennen. Ich bleibe sitzen. Das Gebäude steht auf Pfeilern, die unterste Etage wie von Armen hochgestemmt. Eine Fensterscheibe hat symmetrische Sprünge in Form eines Sterns. Mit den glatten, betonversiegelten Flächen ähnelt es dem Gebäude, in dem mein Vater gearbeitet hatte und das man wenige Jahre nach seiner Frühpensionierung hatte abreißen lassen. In den durchgelatschten, quietschenden Linoleumkorridoren schien jeder Geruch, der je einmal dort gewesen war, sich auf ewig eingeschrieben zu haben, es war eine Art Geldscheingeruch, universal. Im Sommer roch es besonders stark, es roch nach seifigem Schweiß und Gletschereisbonbons, nach den Farbbändern der Schreibmaschinen, nach Haarfestiger, nach den Händen, die mir freundlich in die Wange kniffen, nach Halbglatzen.

Seine Traurigkeit. Wie meine Mutter sagte, kurz vor meiner Reise: »Dein Vater sitzt den ganzen Tag im Sessel und lässt sich zu nichts motivieren.« Sie war wütend, sie nahm es persönlich.
»Es hat nichts mit dir zu tun«, sagte ich. Aber das machte es nicht besser. Genau das war das Kränkende.
»In einer halben Stunde ist die Bordbatterie voll.«
»Machst du das immer so, Strom klauen?«
»Ja. Und Wasser.«
Die Zigarette zwischen den Lippen, holt Beatrice zwei Kanister aus dem Wagen und trottet damit zur Gartenanlage. Als sie mit den Kanistern zurückkommt, bleibt sie abrupt stehen. Wasser schwappt über ihre Finger.
»Willst du mir etwas sagen?«, fragt sie.
»Nein«, sage ich.

Wir fahren an der Uferwiese entlang. Die flatternden Blätter der Pappeln schicken ein Zittern in die umliegenden Lufträume. Auf den kurzen Grasspitzen liegen abgemähte Halme, weben eine zarte bräunliche Decke, die ausdünnt und dann wieder zusammenklumpt. Zwischen den Bäumen leuchtet ein Sandstrand hell. Auf der anderen Seite der Straße das Hafengebiet; Containerstapel wachsen in die Höhe, formen enge, scharfkantige Schluchten. Ein Schrotthaufen mit quecksilbrigem Glanz. Kräne durchfurchen den Himmel. Die Lastwagen am Straßenrand unbeweglich, eingeschlafen. Ich starre in die Schluchten, sehe mich hindurchgehen und unterkriechen, an eine der geriffelten Metallwände lehnen, Teil werden einer beweglichen, provisorischen Konstellation, die, gerade weil nichts bleiben würde, mich anzieht. Nichts ist hier für Blicke arrangiert, und das scheint mir gut, flößt mir Vertrauen ein. Auf dem Bauernhof gab es damals Orte, die eine ähnliche Empfindung auslösten, eine verlassene Wohnung über den Ställen, ausgestattet mit Bett und Kleiderschrank, mit Küchentisch und Stühlen, doch auf allem lag heller Staub, locker wie frischgefallener Schnee, eingepelzte Möbel, weichgemacht. Wir gingen hindurch, wir sahen noch unsere Fußabdrücke vom letzten Mal, ein Spiel fiel uns nie ein, oder das Spiel war: ratlos im Staub stehen. Eine brüchige Steintreppe, die vom Hof aus in einen Keller hinabführte, im Frühjahr stand dort das Wasser kniehoch. Es war ein Raum voller Wasser und gleißender Lichtflecken, die sich ausbeulten und krümmten mit unseren Schritten durchs Wasser auf der Suche nach Kaulquappen, nach Fröschen. Feuchte Strümpfe bekamen wir in den undichten Gummistiefeln. Mörtelgeruch, grünbemooste Wände ringsum. Beatrice wird langsamer, blickt suchend über die Flusswiese. Ich würde gerne weiterfahren. Ich will in diesen Bildern bleiben, in ihnen schlafen. Ich will nicht ankommen und aussteigen müssen, ich will an uns selbst entlangfahren, in diesem weichen Rumpeln, dem Geruch nach Schlaf und ungelüfteten Kleidern, in vermutlich mit Flusswasser gereinigten Kleidern.

Wir rollen einen holprigen Trampelpfad abwärts, das Geschirr klirrt lauter, Beatrices Hände am Lenkrad zittern. Eine Art Siedlung aus Zelten und Vans wird vom Lichtkegel erfasst. Einen Tag lang war mein Vater mit seinem Auto durch die Gegend gefahren. Am frühen

Morgen hatte er versucht, mit mir zu sprechen. Seine Stimme auf dem Anrufbeantworter gepresst und heiser. *Ariane, wir müssen dringend reden.* Ich stand vor dem kleinen Maschinchen und wurde wütend. Ich versuchte, während ich in den nächsten Stunden weiterarbeitete, so zu tun, als hätte er nicht angerufen, aber den Ärger wegzuschieben kostete mindestens so viel Kraft wie ein Rückruf gekostet hätte. Das machte mich noch wütender. Und später am Tag hörte ich meine Mutter auf den Anrufbeantworter sprechen: »Dein Vater fährt durch die Gegend, er ist unruhig, er weiß nicht, was er tun soll. Du musst ihn zurückrufen, heute Abend, hörst du?«

Musik plärrt herüber. Eher ein maschinelles Stampfen, eine sich wiederholende Basslinie, stupide, dunkel, der Soundtrack zu einem Alptraum. Der Hund beobachtet streng die Ansammlung um ein Lagerfeuer. Beatrice fährt auf ein Wäldchen zu, nun dicht an den Gestalten vorbei, die auf Campinghockern sitzen, auf Bierkästen, auf zerfledderten Matratzen. Sie biegt in einen Waldweg ein, es poltert, kracht und rappelt, der Weg wird enger, bis ringsum die Zweige sich wie in einer Waschanlage an das Fahrzeug anlegen. Tack tack tack.

Ich weiß nicht, was mein Vater an jenem Tag gesucht hat, als er ins Auto stieg und herumfuhr. Er wollte vor allem nicht zu Hause sitzen. Er wollte in Bewegung sein, nachdem er mir seine Sorge zu verstehen gegeben hatte. Er wollte nicht auf dieser Botschaft hockenbleiben, er wollte sich von ihr wieder lösen.

Es rumpelt einmal kräftig, ich stoße mir das Knie an, dann bleibt der Wagen plötzlich stehen. Stille. Wir stehen an einer Weggabelung; ein Pfad scheint Richtung Fluss zu führen, der andere tiefer ins Wäldchen. Beatrice ignoriert mein Lachen, sie sagt: »Warte hier, ich hole jemanden.«

Der Hund erkundet die Umgebung, pinkelt hier und da gegen einen Busch, dann trabt er zum Fahrzeug zurück und springt auf den Fahrersitz. Ich streiche ihm über den Kopf, spüre das weiche kurze Fell, die Wärme des Schädels und wie er ihn ganz sachte gegen meine Hand drückt, die Berührung beantwortet. Ein Blick, der mich absucht, der instinktiv sich nach mir ausrichtet. Das Vertrauen, das auch im Zwang noch zugegen ist. Der Hund vertraut mir voll und ganz. Ich könnte das Fahrzeug verlassen und anzünden. Er würde nichts durchschauen, würde mich bis zuletzt durch die verschlierenden Scheiben kläffend und jaulend ansehen und für unschuldig halten.

Da ist ein Gesicht plötzlich hinter der Scheibe. Ein Mann mit kahlem Schädel und auf der Zunge einen Silberknopf. »Er will mir helfen, lass ihn mal dort sitzen«, erklärt Beatrice, die auf der anderen Seite eingestiegen ist. Er schaut, als ich aussteige, zur Seite, dann beugt er sich herab, während Beatrice den Motor startet. Mehrmals heult er auf. In der Stille dazwischen höre ich den Hund winseln. Einmal sehe ich Beatrice dem Mann über den Kopf streichen und lachen. Ich denke sofort, sie hat etwas über mich gesagt, oder er hat etwas über mich gesagt, und als er weggeht und wir weiterfahren können, lässt meine Anspannung nach.

Das Wäldchen endet am Fluss, schwarz schwappt das Wasser in eine Bucht. Wir sind allein. Es wäre gut, ganz allein zu sein, nur ich und der Wagen. Mit diesem Wagen durch die Gegend zu fahren. Meinetwegen, das könnte ich wohl auch noch, irgendeine alberne Darbietung in der Fußgängerzone machen, gerade genug Geld verdienen für eine Mahlzeit. Das, was man für einen Tag braucht. Pater Joseph wanderte zu Fuß durch Indien, mit Bettelschale und Bettelstock, er schlief in Tempeleingängen, in Wäldern und in den Höhlen des Himalaya.

»Hast du Hunger?«, fragt Beatrice und zieht Tüten aus dem Regal, Gewürze, Messer, sie würfelt aus der Hand eine Zwiebel in die Pfanne. Sie braucht kein Hackbrett, sie braucht kein Haus, sie braucht keine Krankenversicherung. Gibt es etwas, das man ihr nehmen könnte? War sie immer schon freier als ich, falls Freiheit nicht auch darin besteht, ihr Gegenteil auszuhalten? Sie schiebt sich eine Strähne hinters Ohr und beugt sich vor, um vom Löffel zu kosten. »Hast du Hunger?«, wiederholt sie. »Ja«, sage ich. Sie hält die Pfanne etwas linkisch und verteilt dann große Portionen auf unsere Teller; das Tomatenmark, das sie im letzten Moment erst hinzugefügt hat, klumpt wie Blutgerinnsel. Die Auberginenwürfel sind noch zäh. Es ist eher zusammenaddiert als zubereitet, es schmeckt rustikal, und vielleicht braucht man, wie ich, ein Loch im Bauch, um es herunterzukriegen. Die Scheiben des Wagens sind beschlagen mit Dampf, und auf der Flusswiese steht plötzlich Nebel, alles, alles wird weiß. Ich brauche irgendwen, dem ich das mit meinem Vater erzählen kann. Das sage ich zu ihr, zwischen zwei Bissen. Aber dann sitzen wir in meinem Schweigen.

»Ich kann nicht«, sage ich.
»Du musst ja auch nicht.«
»Was immer ich sage, klingt, als könne ich etwas sagen. Und schon das ist zu viel, das geht schon zu weit.«
»Bist du nicht zu streng?«
Dachte ich mir, dass sie diesen Punkt nicht verstehen würde.
Sie hat die Augen weit gemacht.
»War es Selbstmord?«
»Ja.«
Eine blanke Behauptung. Aber sie tut unglaublich gut. Etwas, mit dem ich ihn zu mir ziehe. Ich muss auf dieser Fährte bleiben. Ich nehme den Laptop und lasse mir die Steckdose zeigen, ich wärme mich an dem kalten Licht, das anspringt, meine Finger hüpfen über die Tasten, ich schreibe das jetzt auf. Ich schreibe dieses letzte Telefongespräch auf, alles, was wir zueinander sagten, ohne dass wir wussten, es würde das Letzte sein, das wir zueinander sagen, und als ich fertig bin, nach einer halben Stunde, tut mir der Nacken weh und meine Schläfen pochen.
Beatrice räumt Sachen weg, schafft Ordnung und wirkt dabei, als sei sie im Aufbruch. Ich schaue sie nicht an. Ich höre sie wie etwas, das sich in stetiger Selbstauflösung befindet, immer schwächer werden müsste, auf dieses Ziel hin, zu verschwinden aus diesem Van, aber ich mag mich täuschen. Was ich als Vorbereitungen zu einem Weggehen deute, weil sie vielleicht lieber drüben bei den anderen sitzt als mit mir, mag einfach nur Zeittotschlagen sein, Zeitverbringen, die normale Routine.

Ich lese noch einmal, was ich geschrieben habe. Vielleicht wäre es einfacher, wir hätten uns gestritten. Aber es war anders. Er verschwand unter meinen Worten. Er wiederholte meine Worte. Er hatte angefangen, mir zu vertrauen. *Stimmt, es ist alles in Ordnung.* Sein Lachen. Er fuhr an jenem Tag, an dem er mich hatte besuchen wollen, zum Flugplatz, und seither ist nichts mehr in Ordnung.

Beatrice streicht mit der Hand über das Engelkostüm, zögert kurz, dann verlässt sie den Wagen.

15

Aus dem Nebel wächst die Gestalt des Hundes. Er fliegt als heller Schatten am Wassersaum entlang, schnüffelt an der Linie aus matt leuchtenden Müllschnipseln, die von den kleinen Wellen hinterlegt wurden und ihre Schwünge nachzeichnen. Ich schaue ihm zu, wie er sich nähert und dann wieder wegtrottet, zurück in den Nebel.

Als Kind spürte ich Erleichterung, wenn sie alle aus dem Haus waren. Ich fiel in eine Weite, in Möglichkeiten. Nichts zerrte an mir. Ich konnte weder enttäuschen noch beglücken. Waren sie fort, begann etwas in mir zu sprechen, anders als mit Worten. Alles war an seinem Platz.

Ich rufe meinen Namen über den Fluss. Es dauert nicht lange, und der Hund trabt auf mich zu.

»Steig ein«, sage ich. Er reagiert nicht. Ich gebe ihm einen leichten Tritt in die Hinterläufe. Er springt auf den Beifahrersitz. Ich schließe die Tür und setze mich hinters Steuer. Der Schlüssel steckt. Der Motor lärmt. Sie werden das drüben hören, noch in ihrer Alptraummusik. Aber ich muss weiter. Das wird Beatrice verstehen.

Ich nehme an der Weggabelung den Modderweg in den Wald, es rumpelt, und das Lenkrad in den Händen ist schwer, und die Zweige streichen an der Karosserie entlang wie spröde Zuneigungsgesten. Der Hund wirkt nervös, die Rippen dehnen sich und fallen zusammen in rasendem Tempo. Der Weg wird plötzlich breiter,

und in der Ferne leuchtet etwas, das wie eine Absperrung aussieht, eine Baustelle beginnt, ich steige aus, die Absperrung lässt sich leicht zur Seite rücken. Der Waldweg wird zu Asphalt und steigt, wie ich gehofft hatte, aufwärts zur Straße, große Rohre liegen am Rand gestapelt. Es wird etwas steil, aber der Wagen packt das, ich schalte runter in den ersten Gang, schon sind wir oben. Hier ist die Straße, auf der wir herkamen. Ich fahre direkt ins Hafengebiet ein. Wir verschwinden zwischen den Industriegebäuden, wir sind jetzt nicht mehr sichtbar. Der Hafen endet, Mietshäuser tauchen auf. Ich gelange auf eine Hauptstraße, dann auf die Auffahrt zur A57, schalte in den fünften Gang, neunzig Sachen, mehr schaffen wir nicht, aber das genügt. Der Wagen brummt und rappelt vor sich hin. Der Hund wird nun still, er kennt das bereits, entführt zu werden. Ich strecke die Hand nach ihm aus, hinter uns hupt jemand, ich werde sofort langsamer, und das Hupen nimmt zu, wir sind auf der Überholspur, ich fahre blinkend zur Seite. Venlo, Roermond, die ersten Schilder tauchen auf. »In drei Stunden sind wir am Meer, Ariane«, und als ich das sage, fällt mir noch ein anderes mögliches Ziel ein.
Auf Google Earth sah ich es so, wie er es gesehen hat, von oben. Daher weiß ich auch, dass ich den Ort einmal kannte, aber jetzt ist es, als hätte ich ihn gelöscht, um nie in die Versuchung zu geraten, einmal wirklich hinzufahren.
Die Grenze. Wir werden von den Grenzpolizisten durchgewinkt. Ich saß lange nicht mehr hinter einem Steuer. Wenn mein Vater mich die Strecke vom Bahnhof nach

Hause fahren ließ, zählte er ständig auf, was ich zu beachten hätte, das Auto sei ein Mordinstrument, und ich passte, statt auf den Verkehr, auf seine Worte auf, und nachdem ich einmal eine Vorfahrt nicht beachtet hatte und ein Hupen neben uns explodiert war, ließ mein Vater mich nicht mehr fahren. Eigentlich bin ich eine gute Fahrerin. Ich bemerke sogar, dass Beatrice vergessen hat zu tanken, der Zeiger bewegt sich auf den roten Bereich zu. Ich nehme die nächste Ausfahrt zu einer Raststätte. Ein blau leuchtender Bau mit Tankstellensupermarkt. Ich tanke voll. Beim Kassierer, einem jungen Typ mit schläfrigen Augen, ziehe ich den Zweihundert-Euro-Schein meines Vaters hervor. Er hatte vollgetankt, bevor er losflog. Das versteht niemand. Als hätte er einen irre weiten Flug geplant. Ich erhalte einhundertvierzig Euro und zwanzig Cent zurück. Der Schein verschwindet in der Kasse. Ich verschwinde in dieser einen Bewegung, diesem flüchtigen, nichtsahnenden Zuschieben der Lade. Ich müsste dem Kassierer sagen, der Schein war an der Brust eines Sterbenden, meines Vaters, es ist nicht einfach nur Geld. Ich müsste ihm von meinem Vater erzählen. Vielleicht eignen sich Fremde dazu am besten. Ich schaue ihn einen Moment lang an, einen Moment zu lange, er schaut weg. Ich frage ihn nach einem Münztelefon, und er zeigt zum Gang hinter der Glastür, wo die Toiletten sind, und ich lasse mir zwanzig Euro in Münzen wechseln. Denn da, wo ich anrufen will, dahin reicht mein Handyguthaben nicht mehr. Das ist so weit weg.

Im Bus schalte ich den Laptop ein und notiere mir die Nummer auf den Kassenbon. In den Palani-Bergen ist

es nun vier Uhr dreißig. Da stehen alle auf und gehen in den großen Saal mit dem goldenen Buddha. Im Büro wird noch niemand sein, aber vielleicht kommt zufällig jemand an der Tür vorbei. Der Klang hat eine pelzige Umhüllung, wie wenn man das tatsächliche Klingeln 8000 Kilometer weiter weg hörte. Ein Anrufbeantworter springt an. Ich spreche nach der Ansage: »This is Ariane, the scholar from Germany. I need to talk to Father. Thank you.«
Ich setze mich auf den weißen Plastikstuhl da beim Eingang zu den Toiletten, der auch einen Tisch hat mit geblümter Wachstuchdecke und eine Untertasse mit fünfzig Cent. Ich starre auf die Münze und denke an die Fehler, die man im Leben macht. Ich würde gerne Arndt anrufen und ihn an unsere Fehler erinnern, besonders an einen, den wir gemeinsam gemacht haben. Ich sehe ein Gesicht vor mir, wenn ich die Augen schließe. Ein Gesicht mit Blutergüssen, blutdurchweichten Heftpflastern und einer rohen Partie, die wässrig glänzte. Der Mann, dem es gehörte, trug es in unseren Urlaub hinein. Wir saßen in einem leeren Café auf einer leeren griechischen Insel. Er kam über die Promenade, eine Plastiktüte schlenkerte an seiner Hand, und er setzte sich, als wären wir verabredet, neben uns. Wir erfuhren von den Schicksalsschlägen in seinem Leben, den wechselnden Berufen und Wohnorten. Seine Stimme wurde immer leiser, als sei dieses Leben nun, mit der Schlägerei vor der Bar, an ein vorläufiges Ende geraten. Er musste Schmerzen haben. Wir hörten ihm mit feige freundlichen Mienen zu und bedauerten ihn, als käme das ärgerlicherweise vor, dass man vor Kneipen

zusammengeschlagen und ausgeraubt wird. Als wir gehen wollten, bat er uns um Geld. Damit hatten wir nicht gerechnet. Ich verschwand zu den Toiletten und zahlte an der Theke unsere Getränke. Er sollte unser Geld nicht sehen. Es war ihm zwar gelungen, uns zu seinen Zuhörern zu machen, aber wir wollten nicht für ihn aufkommen. Das Geld wäre der Beweis gewesen, dass wir ihm glaubten. Das Geld schien uns offenbar ein stärkeres Bekenntnis als unsere Zeit und unser Zuhören. Vielleicht wollten wir einander zeigen, wie konsequent wir sein konnten, und davon gab es plötzlich kein Zurück mehr, auch nicht, nachdem er von zwanzig Euro auf fünf heruntergegangen war. Wir waren, solange wir zu zweit waren, gefangen in etwas, aus dem ich nun vielleicht ausbreche, auch wenn ich nicht glaube, dass es gut um mich steht, vielmehr, ich weiß nicht, wie es mir überhaupt geht. Pater Joseph könnte in diesem Nichtwissen einen erleuchtungsnahen Zustand wittern, aber er geht nicht ans Telefon. Und der, dem ich diese Geschichte verdanke, liegt in einem Krankenhausbett, und ich kann ihn nicht wie früher einfach anrufen und fragen: Arndt, erinnerst du dich noch an den blutenden Mann in dem leeren Strandcafé? Wenn wir ihm fünf Euro gegeben hätten, wären wir dann heute fünf Euro ärmer?

Ich steige wieder in den Bus, fahre zur Autobahnausfahrt und merke plötzlich, dass ich nicht weiterkann. Ich wende und fahre an der unbeweglichen Herde aus Lastern vorbei, in denen die Fernfahrer wahrscheinlich liegen und schon schlafen, ich fahre bis ans Ende des Parkplatzes, das orangene Licht der Laternen reicht

dort nicht mehr hin. Es ist, als müsste ich hierbleiben, falls Pater Joseph mich zurückrufen will, auch wenn das Quatsch ist, aber ich kann den Gedanken, wie sonst will er mich finden, nicht abstellen.
Der Hund springt auf die Matratze und wirft mir einen Bescheid wissenden Blick zu. Es scheint einen festen Ablauf zu geben. Ich klettere zu ihm, lege einen Arm um den warmen Körper und drücke mich fest an ihn. Er reckt den Kopf und leckt mir übers Gesicht. Von der Autobahn dringt ein Rauschen wie von einem metallischen Meer.
Eine Kurznachricht von Beatrice: »Du Miststück.«

Ich werde von Hundegebell wach. Der Hund sitzt an der Tür und will raus. Als ich ihm öffne, strömt mir eine Sommerluft entgegen, feucht und weich, auf dem Parkplatz steht Nebel. Ich sehe den Hund drüben am Hang daraus hervorsteigen und an einen Strauch pinkeln. Ich gehe zurück in den Bus. Auf dem Rücken liegend betrachte ich die Phosphorsterne an der Busdecke, ein gespenstisch grünes Leuchten, als hätten sie ein Haltbarkeitsdatum überschritten. Ich schlafe ein, und dann weckt mich mein eigenes Schnarchen, und wieder rutschen die grünen Sterne in meinen Blick und haben etwas so Trostloses, dass ich den Blick nicht abwenden kann, bis mir der Hund wieder einfällt. Ich öffne die Tür, aber er sitzt nicht davor. Der Parkplatz scheint leer. »Ariane.« Ich spreche es leise. Dann laut. Dann befehlend. Ich gehe an den hohen Fahrzeugen vorbei, bücke mich hin und wieder, schaue drunter. Ich bleibe beiläufig. Ich weiß, gleich trabt er mir entgegen.

Die blau illuminierte Tankstelle steckt im Nebel und sendet diffuses weiches Licht aus. Auf der Autobahn verschluckt der Nebel die Fahrzeuge, nur die starren Augen der Scheinwerfer schaffen es hindurch.
Ich renne die Ausfahrt hoch, stelle mich auf den Seitenstreifen und rufe in das Fahrzeugdröhnen: »Ariane! Ariane! Ariane!« Ich renne über den Seitenstreifen bis zu dem Schild, das die Raststätte in 800 Metern ankündigt, mit hämmerndem Herz und schmerzender Lunge, ich brülle meinen Namen, und ich hasse Beatrice dafür, dass ich hier in dieser Nacht stehe und nach mir selber schreien muss. Ich renne auf die Fahrbahn bis zur Betonschutzwand, klettere darüber und laufe zur anderen Autobahnseite. Ich renne zum dritten Mal den Seitenstreifen Richtung Deutschland und immer einen Kilometer weit, wie eine Bußübung. »Ariane! Ariane! Wo bist du? Komm her!«
Wenn er vielleicht in der Böschung liegt. Sich in die nebelweiche Wiese schleppte, verletzt in einem Versteck aus Sträuchern. Ich stapfe über das nasse Gras, meine Stimme gehört schon nicht mehr zu mir, mein Name in der Wiederholung verliert Festigkeit und wird zu Klang nur zwischen den Sträuchern, ich ermahne mich, ihn anders auszusprechen, anders, für den Hund, damit er sich gemeint fühlt. Damit er vertrauen kann und sich aus seinem Versteck löst. »Ich kann dir helfen, Ariane. Ich weiß das. Vertrau mir. Komm her, bitte, komm zu mir.« Aber das flüstere ich bloß.
Ein blauer Lichtstreifen im Osten wächst in den Nachthimmel. Die Sterne verblassen mit bedrückender Leichtigkeit, sie verlöschen vor dem Blick wie jemand, der

rückwärts aus einem Raum geht, dann leise die Tür schließt. Sie sind aber noch da. Das Licht der Sonne verschluckt ihres. Immer gibt es Größeres noch, und die Sonne wird in den Winter fallen, erst verschluckt werden von den dunklen Wolkenmassen des Herbstes, dann vom Weiß des Schnees, das ihr entgegenblendet. Ich denke an Schnee, während ich im feuchten Gras stehe am Ende einer Frühsommernacht, denke, dass Schnee ganz froh macht, weil nichts in ihm steckt, nur die Langeweile der Kristalle, der Wiederholung, und wie selbstgewiss Schnee eine Stadt und eine Landschaft verändert, wenn er an Masse gewinnt, wie befriedigend, wenn die Grenzen und Festigkeiten als überwindbar entlarvt werden, die Wege nicht mehr sichtbar sind, bis Salz gestreut wird, alles weggeschaufelt wird. Ich bin ein Kind, das dem fallenden Schnee vor dem Fenster zuschaut und mitfällt, in jede Flocke sich verliert, die stirbt in der Berührung mit der Hand, die ich nach ihr ausstrecke. Ihr Schmelzen verstört mich, lässt mich uneins zurück zwischen Enttäuschung über ihr Ende und die Erleichterung, dass Wärme über Kälte siegen kann. Die Flocken wirbeln vor dem Fenster, ich bin jung genug, dass ich sie für Lebewesen halte, etwas wie Mückenschwärme, Fischschwärme, aber im Grunde Höheres noch wittere, die Vorhut eines Engels mindestens oder vielleicht schon Gott selbst, wenn auch das, was die Wörter Gott und Engel später bedeuten werden, nichts mit der erhabenen Wirkung zu tun hat, die als erste da ist, schneller als die Worte, erst recht als jene, die Jahre später sich anschleichen und sie denunzieren werden als naiv.

Ich gehe zum Parkplatz zurück. Mein Gang ein zu großer Anzug, in dem ich schlackere. Das ist die Müdigkeit nur.
Ein paar Fernfahrer sind schon wach. Einer mit diesem roten Truckergesicht und mit Bart und Bauch wischt sich die Stirn und starrt mich an, nicht sicher, ob er etwas zu mir sagen darf. Ich drehe mich, bevor er sich entscheidet, zur Wiese um, wo bei dem klobigen Holztisch mein Vater steht, mit den Fäusten die Hosentaschen ausbeult, und einfach da steht und wartet, ich weiß nicht, auf was, und ich kann sein Alter nicht schätzen, er wirkt wie eine Zusammensetzung aller Väter, die ich in ihm hatte, von dem etwas übergewichtigen in meiner Kindheit zum fast hageren nach der Pensionierung, als er mit den Diäten begann und anfing Sport zu treiben und alles über Cholesterin wusste.
Auf dem Tankstellenplatz riecht es nach Benzin, mir wird schlecht. Ich kann mich gerade rechtzeitig zu den Büschen schleppen. Mein Magen, als wäre da eine eingebaute Pumpe, tut weh, und ich halte mir die Seite. Meine Stirn ist feucht von Schweiß und kalt. Vielleicht werde ich krank. Vielleicht habe ich mir in dem Bakteriennest von Beatrices Van was geholt. Vielleicht sollte ich sie anrufen. Es ist zwar noch früh, erst Viertel vor sieben, aber das ist ein Notfall, und in Notfällen darf man alles, und sie hätten verdammt noch mal auch mich in jener Nacht aus dem Bett klingeln müssen, meine Schwester und meine Mutter, und ich spüre eine solche Wut, dass ich erst durchatmen muss und dann jeden Atemzug einzeln zählen.

Der Himmel hat sich zugezogen. Fahrzeuge, Tankstutzen und Beton unter einer weißen Wolkenmasse.
Ich hole eine Tüte Hundetrockenfutter aus dem Van, trage sie schüttelnd durch das matte Licht und rufe meinen Namen.
»Ariane!« Drüben bei den Lastwagen äfft mich jemand nach.
Die Tankstelle im Rücken, höre ich Schritte und Rufe hinter mir. Ich gehe weiter, bis das »Hi« und »Hallo« mich bloßstellen. Ich blicke dem Tankwart von letzter Nacht ins Gesicht. Er bleibt stehen. Ich auch. Er winkt. Ich gehe näher. Er geht zum Tankstellensupermarkt zurück.
Dort dann, ganz beiläufig, zeigt er hinein.
»Da ist dein Hund.«
»Ja«, sage ich.
Er sitzt zwischen Zeitschriftenregalen vor einem Napf mit Wasser, festgebunden mit einer Paketschnur.
»Bind ihn los«, sage ich so rau, dass der Tankwart sich nicht gemeint fühlen mag und hinter die Kasse verschwindet.
»Er war halb verdurstet!«, ruft er nach dem zweiten Kunden, dem er das Benzin abkassiert.
Ich müsste mich um meine Mutter kümmern.

16

Der Parkplatz liegt in einer gleichmäßig matten Helligkeit. Der Himmel ist vollkommen weiß, ein dicker weißer Abschluss der Welt. Das Licht fließt nicht, es steht, beleuchtet nichts, formt keine Schatten. In japanischen Zen-Tempeln erzeugen die Reispapierwände ein ähnliches Licht. Alles verharrt bei sich selbst, richtet sich nicht aus auf anderes. Vorsichtig, als fehle die Räumlichkeit, lösen sich die Autos aus den Parklücken und schleusen sich in den Verkehr ein. Weiße Boote gleiten in Anhängern über die Autobahn. Fahrräder auf Dächern schweben durch die Luft.

Ich ziehe den Hund am Halsband über den Parkplatz, ich gehe gebeugt. In den Autoscheiben erkenne ich mein Spiegelbild, es huscht über die leeren Innenräume der Autos.

»Nach dir«, sage ich zum Hund. Er drapiert sich wie eine helle Wolldecke über den Beifahrersitz. Er scheint schlafen zu wollen. Ich stecke den Schlüssel ins Zündschloss. Dass der Motor nicht anspringt, beruhigt mich beinah. Ich hätte nicht gewusst, wohin.

Ich stelle einen Campingstuhl nach draußen, nehme den Hund an die Leine und hake sie an der Tür fest. Ich wähle Svenjas Nummer, und sie meldet sich sofort. Im Hintergrund Stimmen und klapperndes Geschirr. Vielleicht frühstücken sie. Vielleicht haben sie ihr Telefon auf dem Tisch liegen, zwischen Butter und Brötchen, Marmelade und Käse. Heute ist Samstag.

»Wo bist du?«

»Auf einer Raststätte in Holland.«
Sie wartet, sie scheint mit meiner Antwort nicht zufrieden. Ich warte ihr Schweigen ab.
»Willst du etwa dorthin?«, fragt sie schließlich.
»Der Wagen springt nicht an. Ich kann nirgendwo hin.«
»Ja, aber hattest du *das* vor?«, insistiert sie, und meine Sehnen am Hals fühlen sich plötzlich an wie aus Eisen, und alles an meinem Körper wird hart vor Angst.
Ich habe noch immer nicht geantwortet.
Ich höre ein Feuerzeug klicken. Die Stimmen im Hintergrund werden schwächer. Svenja steht auf dem Balkon und atmet aus. Sie lehnt jetzt mit dem Rücken gegen die Brüstung und behält von dort den Frühstückstisch und ihre Familie im Blick.
»Es wäre falsch, Ari, dorthin zu fahren, total falsch.«
Sie lacht kurz. Weil ich sowieso nicht auf sie höre.
»Kannst du mich hier abholen?«
»Warum nimmst du kein Taxi?«
»Weil ich kein Geld habe.«
»Ist das Geld nicht angekommen?«
»Welches Geld?«
»Das Erbschaftsgeld. Hat Mama dir nichts davon gesagt?«
»Nein. Ihr habt mich vergessen.«
Aber das ist ja nichts Neues.
Ich lasse sie erklären. Ich warte. Am besten so tun, als sei Geld mir auch gar nicht wichtig. Was stimmen könnte, sonst hätte ich längst welches. Ich schaue in das Papierweiß des Himmels. Damals im Urlaub war dieser Himmel eine Pause für den Sonnenbrand. Balsam, eine

weiße Milch, die kühl ist, ein bisschen brennt, in einem dunkelbraunen Glastiegel aus der Apotheke. Svenja hat Brandblasen überall, es sieht widerlich aus und interessant. Sie schreit, als die Milch aus der Hand unserer Mutter auf die Stellen tropft. Ich sehe jetzt nur noch die großen Ovale aufgeplatzter Haut, und sie redet von Bausparverträgen und Konten, Zusammenführungen und Auflösungen, komplizierten juristischen Vorgängen und trockenen Tüchern, in die sie das Ganze zunächst bringen mussten.

»Ach so. Ja, klar.«

Fast als wäre mir alles egal geworden.

»Warum wusste ich nichts davon?«

Sie zögert. Dann sagt sie trotzig, wie immer, wenn sie im Unrecht ist: »Mama hat befürchtet, dass du vielleicht Druck machen würdest.«

»Stimmt, das sieht mir ähnlich.«

»Sie meint es nicht so.«

»Nie meint hier irgendwer etwas so. Aber wie dann?«

»Ich kann ja nichts dafür!«, schreit sie, und ich schreie: »Schrei mich nicht an!«

Stille.

»Wie viel ist es?«, frage ich schließlich.

»Nicht viel, eher eine symbolische Geste, er wollte wohl etwas zurücklassen. Zehntausend für jede.«

Die spinnt. In den Palani-Bergen könnte man von diesem Geld für immer leben.

»Dann habe ich ja genug fürs Taxi.«

»Warte«, sagt sie, und eine Verhandlung mit Laura setzt ein, über Schuhe, die man doch auch später noch kaufen könne, eine Tür knallt, Laura ist dreizehn. Ich sah

sie zuletzt auf der Beerdigung, und da war sie zwölf. Ich habe ihren Geburtstag verpasst.
»Wo genau bist du?«

Sie steigt aus dem roten Auto und kommt ungewöhnlich langsam auf mich zu. Sie trägt eine strenge Brille und über der Jeans ein helles Herrenhemd, das ihr zu groß ist. Der Weg wirkt sehr lang. Sie geht vorsichtig und ein bisschen schief, vielleicht hat sie eine Blase am Fuß. Man nimmt Haltungen ein, die am Schmerz vorbeilotsen, bückt sich weg vor einem Ziepen hier, einem dunklen Pochen dort, man kaut nur auf der rechten Seite, man tritt nicht mit ganzem Gewicht auf.
Der Hund läuft ihr entgegen, die Leine spannt, und wie gegen eine Sturmböe bleibt er nach vorne gelehnt stehen. Svenja lässt ihn an ihren Fingern schnuppern. Die Brille setzt zwei sachliche Rahmen um ihre geröteten Augen. Sie hat geweint. Es gelingt ihr mehrmals nicht, dem Hund über den Kopf zu streicheln; sie erwischt seine feuchte Nase, die sich wie eine zitternde, doch unbeirrbare Kompassnadel nach der Hand ausrichtet, ihrer Bewegung folgt und sie vereitelt.
Der Hund schnüffelt an ihrer Hand, an ihrem Schoß, an ihren Schuhen. Sie kommt nicht zu mir. Sie würdigt ihn wie einen Wächter, mit dem man sich gutstellen muss, damit man durchgelassen wird. Und das könnte stimmen.
»Wie heißt er?«, ruft sie.
»Ariane. Aber er hat letzte Nacht nicht sonderlich gut darauf gehört.«
Sie verzieht den Mund zu einem kleinen Lächeln und

beugt sich herab, streicht über seinen Rücken. Ich spüre das Fell an den Fingern. Sie richtet sich wieder auf, wischt sich eine Strähne aus dem Gesicht und deutet zum Bus: »Soll ich mal?«

Ich lege ihr den Schlüssel in die Hand. Sie steigt ein. Der Motor scheppert leise, dann springt er an. Das hätte er auch bei mir gemacht, wenn ich es noch einmal probiert hätte.

»Fährst du sofort zurück?«, ruft Svenja aus der Fahrerkabine.

»Ja, lass ihn bitte an.«

»Und du fährst zurück?«

»Nein. Ich fahre jetzt an die Stelle, wo es passiert ist.«

Sie stellt den Motor aus.

»Krieg ich den jetzt wieder an?«, rufe ich zu ihr hoch.

»Das weiß ich nicht. Aber du solltest nicht allein dorthin. Wir nehmen mein Auto, das ist sicherer.«

Sie springt aus der Fahrerkabine und landet direkt vor mir. Unschlüssig schauen wir uns an. Wir könnten uns nun umarmen. Werden wir es schaffen? Ich berühre ihr Hemd, ich ziehe ganz leicht daran, als prüfte ich die Qualität des Stoffes. Ihr Blick ruht auf meiner Hand, die den hellen Stoff nicht loslässt. Sie harrt mit mir aus, wie ich das Hemd nicht loslasse, und ich prüfe ihre Ausdauer.

»Darfst nur du seine Sachen tragen?«, fragt sie leise.

»Ich stecke dann drin. Ich muss sie nicht sehen.«

Sie lächelt und schiebt beide Ärmel hoch, als vergewissere sie sich, dass sie mit diesem Hemd machen darf, was sie will.

Es regnet nur noch ganz leicht. Der feuchte Sand knirscht unter meinen Schritten, ich versuche, lautlos zu gehen. Der Regen fällt nicht, er steht in der Luft, er schiebt sich von der Seite auf uns zu, er legt sich über die Wiese wie eine Bildstörung. Die Luft flackert weißlich.
»Hier?«, frage ich.
»Man kann nichts erkennen«, sagt sie, »aber es war hier.«

Für die Unterstützung meiner Arbeit an diesem Buch danke ich der Landesregierung Nordrhein-Westfalen, der **KUNSTSTIFTUNG NRW** und dem Trustee-Programm EHF 2010 der Konrad-Adenauer-Stiftung.
U. L.

FSC
www.fsc.org
MIX
Papier aus verantwortungsvollen Quellen
FSC® C014496

1. Auflage 2012

Herstellung und Umschlaggestaltung: Laura J Gerlach
Umschlagmotiv: iStockphoto/Lisa Thornberg
Satz: psb, Berlin
Druck und Bindung: GGP Media GmbH, Pößneck
Printed in Germany
ISBN: 978-3-627-00179-7